ein Ullstein Buch

# Micha Jeanot

# Tagträumereien

Roman

ein Ullstein Buch

ein Ullstein Buch
Nr. 20911
im Verlag Ullstein GmbH,
Frankfurt / M – Berlin

Neu eingerichtete Ausgabe

Umschlagentwurf:
Theodor Bayer-Eynck
Foto: Franz Pentz

Printed in Germany 1989
Gesamtherstellung:
Ebner Ulm
ISBN 3 548 20911 4

Februar 1989

CIP-Titelaufnahme
der Deutschen Bibliothek

**Jeanot, Micha:**
Tagträumereien: Roman / Micha Jeanot. –
Neu eingerichtete Ausg. – Frankfurt/M;
Berlin: Ullstein, 1989
(Ullstein-Buch; Nr. 20911)
ISBN 3-548-20911-4
NE: GT

Ralph ging erregt nach Hause. Er war glücklich, denn in wenigen Tagen würde er Marion heiraten. Langsam schritt er durch den Park, Erinnerungen wuchsen hoch.

Es war vor zwei Jahren, im Urlaub in Italien, in Genua. Der Abend war lind gewesen, die Straßen und Häuser strahlten eine solche Sehnsucht aus, daß er immer wieder Wege suchte, die zum Hafen führten. Dort roch es so schön nach Teer, Fischen und Meer. Und als er wieder die Schornsteine und die Masten sah, er das Schlagen der Wellen an die Mole hörte, drang durch die Nacht der gellende Ruf: »Hilfe!«

Ein Mensch, eine Frau war in Not. Er rannte damals los, in Richtung des Rufes, sah zwei Gestalten, die ein Mädchen in ein Auto zerren wollten. Chloroform lag in der Luft, und wieder gellte es voll Angst: »Hilfe!«

Wenige Schritte hatte er noch. Am Boden lag ein Prügel. Er hatte ihn plötzlich in der Hand und schlug und wütete mit ihm gegen die beiden schemenhaften Männer. Auf einmal waren sie verschwunden, und vor ihm stand nur noch ein reizendes Mädchen in einem sehr hübschen Minikleid.

Den Rest des Urlaubs verbrachte er mit Marion. Sie hatten sich von der ersten Minute an ineinander verliebt.

Episoden nahmen in der Erinnerung Gestalt an: Spaziergänge, Wochenendausflüge, Hotels, in denen sie als »Ehepaar« übernachteten, verliebte Spiele, viele Küsse und Zärtlichkeiten, und bald auch der Wunsch, daß Marion, wenn sie bei ihm war, unter den Kleidern nackt gehen sollte.

Ein verschmitztes Lächeln breitete sich auf seinem Gesicht aus. Schon in Genua hatten sie mit diesem »darunter ohne« einiges angestellt. Und nun wurde Marion für immer und ewig seine Frau. Was würden sie in ihrer verliebt-verspielten Lust noch alles tun?

Hatte er Durst, war Marion die Quelle. Hatte sie Hunger, war er ihre Speise. Besonders in den ersten Monaten ihrer Liebe, gaben sie sich einander hemmungslos und ohne Überlegungen hin. Keiner führte, keiner verführte.

Oder war er doch der Verführer?

Ralph lachte vor sich hin, wußte, daß ein bestimmts Lutschen der Brüste Marion sofort lüstern, daß eine ganz bestimmte Kosung der Klitoris sie sofort heiß machte.

Oder war Marion die Verführerin?

Sie wußte doch, daß ihn das Wippen ihrer Brüste sehnsüchtig machte. Sie wußte auch, daß ihr Po ihn so reizte und sie ihn, wenn sich ihre Süße zwischen die gegrätschten Beine nach hinten drückte, ihn schnell aufregte.

So rief Marion in ihm und er in ihr durch vielfältige Dinge schnell Lust hervor, die oft so drängte, daß sie es sich sofort machen mußten.

War es Absicht, daß Marion ihm wenige Minuten vor dem Abendessen ihre Brüste anbot. Wenn nicht, warum stellte sie sich dann mit gespreizten Beinen so vor ihn hin, daß er ihr an den Quell langen und ihn öffnen mußte?

Gar manches Abendessen brannte an, weil sie sich innerhalb weniger Sekunden gefunden hatten und sich wild ritten und sie erst Ruhe gaben, bis sie sich ausgeliebt hatten.

Ralph ging sinnierend weiter. Ihre Sehnsüchte hatten ihre

Formen, ihren Ablauf, ihren Stil und ihre Sprache. Von Anfang an hatten sie sich mutig geliebt und waren bewußt neue, fremde Wege gegangen.

»Ob wir pervers sind?« fragte er sich und blieb nachdenklich stehen. »Nein«, antwortete er sich. »Wir lieben uns nur sehr.«

Sie mußten sich immer wieder ineinander werfen und sich lieben. Das Schöne war, und dieses Wissen beglückte sie immer wieder erneut, daß sie sich danach noch mehr als vorher liebten. Sie dankten sich jede Lust und jeden Reiz. Vielleicht beweist sich die Liebe erst dann, indem man nachher zeigt, wie gern man seinen Partner hat? Beweis ihrer Verbundenheit, in Leib und Seele, war, daß sie nie satt wurden. Er konnte, wenn sie erschöpft auf dem Boden lagen – sie trieben es meist auf dem Teppich – trotz der physischen Erschöpfung die Geliebte noch mit aller Zärtlichkeit küssen. Jede Linie, von der Brust bis hinab zum Schoß, war für ihn voll Schönheit.

Wirkte nicht ihr Rücken, bis hinab zum Po, wie eine Gitarre? War ihr Körper nicht wie ein Musikinstrument, das darauf wartete, daß man die Saiten strich, die Tasten schlug? Waren nicht ihre Rippen die Hebel zu neuen Tönen?

Wollte die Natur, daß der Mann die Frau von hinten nahm? Lagen nicht die meisten Erregungszonen der Frau so, daß der Mann sie von hinten am besten erreichen konnte? Die Seiten der Schenkel, die Innenseite des Pos, die Flächen der Lenden, der Taille, des Nackens konnten nur gereizt werden, wenn der Mann von hinten in die Geliebte eindrang. Lechzte, stöhnte und schrie Marion nicht besonders heftig, wenn er von hinten in sie drang? Es machte ihm immer Freude, Marion so zu bespringen. Hier war er der Bestimmende, der Herr; er konnte machen, was er wollte. Vor ihm lag dann ein herrlicher Rücken, ein wundervolles Gesäß, standen gespreizte Schenkel, und zwischen ihnen lag das Leben, lag das Glück.

Wie wartete Marion immer darauf, daß er ihr die Schenkel noch mehr spreizte? Wie gut tat es ihr, wenn er sich nach vorne beugte und dann ihre Kleine zu sich holte.

Sie paßten völlig ineinander. Wenn sein Schwanz klein war, war der Spalt Marions auch klein. Wenn er zum machtvollen Rammpfahl herangewachsen war, war ihr Loch Abgrund und wollte nur von einem solchen Kolben geliebt werden.

Wenn er sich von hinten in die Geliebte stieß, schien er besondere Nervenzentren zu berühren. Meist kam es Marion in dieser Stellung mehrere Male. Fast grundsätzlich wimmerte sie schon nach wenigen Stößen seines Schwanzes vor Geilheit.

War sein Glied so groß, weil sie so oft klagte?

War ihr Schreien ein Zeichen der Lust oder der Freude?

Wohl sagte ihm Marion immer wieder, daß ihr Schreien Freude sei, doch warum gellte sie dann in manchen Phasen der Lust, als wenn sie eine Qual erleide?

Verhielt er in seiner Rhythmik, wartete auch Marion, stieß er erneut, warf auch sie sich ihm sofort wieder in neuer Ekstatik entgegen. Seine Schreie wurden ihre Schreie, und die Geilheit der Geliebten wurde seine. Sie gaben sich nicht, schenkten sich nicht, tranken nur noch gegenseitig an ihrer Gier. Und je mehr sie sich besprangen, um so größer wurde ihre Lust. Wenn sie die Kraft gehabt hätten – sie wünschten sich diese oft – hätten sie sich die ganze Nacht geliebt.

Marion floh nie, stellte sich immer, bot sich an, unterwarf

sich, diente und war Sekunden später schon wieder Herrscherin und Siegerin.

Er trank an der Geliebten, und sie trank aus ihm. Sie saugten sich jeden Tropfen ab, als wäre er süße Milch. War ihre Scheide trocken, reizte er sie, bis er wieder an ihr trinken konnte. Gar manchen Abend machte er es Marion nur, um sie lüstern zu machen und dann ihren Spalt aulecken zu können. Gar manchen Abend warf er sich in die Geliebte nur aus dem einen Grund, um sie mit seinem Saft zu füllen. Sie mußte sich dann ein Kissen unter den Po legen, so daß ihr Schoß hochragte, und so besprang er sie.

»Ich werde dich bis zum Rand mit meinem Samen füllen«, keuchte er dann, und Marion, diese herrliche Frau, rang nach Luft und lallte zurück: »Ja, küß mich, fülle mich, mach es mir so, daß ich überlaufe. Bitte . . .«

Gar manche Stunde lag der Po der Liebsten zwischen seinen Schenkeln. Ihre Halbkugeln lagen wie glühende Ballen an seiner Haut, und ganz nah spürte er ihre nassen, lechzenden und oft schon geschwollenen Lippen. Sie lagen wie eine Frucht vor ihm, die gepflückt werden wollte. Er spielte mit ihr, reizte sie, trieb sie auseinander; er koste die Klitoris und jede Pore ihrer Grotte. Er reizte die Schenkel und erst nach Minuten, in denen Marion schrie und klagte, keuchte und bettelte, trieb er seinen Pfahl in diesen hungernden Spalt.

Es war ein wunderschönes Spiel, und er konnte es lange treiben. Marion hing oft zwischen vielen Lüsten, ertrank zwischen mehreren Orgasmen, rang immer neu nach Luft, nach Leben, nach Erlösung und warf sich sofort wieder, mit allem Mut, in den nächsten Abgrund.

An manchem Abend liebte er Marion so, daß sie kaum noch gehen konnte. Und wenn er nur den Ansatz zu einer

Entschuldigung machte, er sich und seine Leidenschaftlichkeit anklagte, war ihre Antwort, daß sie ihn noch einmal forderte, und sie gab nicht nach, bis er sie erneut geliebt hatte.

Lag er zwischen ihren Schenkeln, spreizte sie diese so, daß sie sich eng an ihn pressen und jeden seiner Stöße zutiefst empfangen konnte. Besprang er die Geliebte von hinten, rammte sie ihm ihre Lust im Rhythmus seiner Stöße so entgegen, daß er oft Angst hatte, sie zu verletzen.

Jeder hatte seine Spiele, seine Reize, seine Lüste, Begierden und Eigenschaften.

Immer kam jeder auf seine Rechnung, denn die Lust, die sie sich gaben, strömte – weil sie sich liebten – vielfältig wieder zurück. Das war wie ein Naturgesetz. Die Liebe war ein Naturgesetz, und auch die Sexualität.

Manchmal wollte er, daß ihre Sinnlichkeit sein Besitz sei, ihr Spalt ihm und nicht ihr gehöre. Ihre Nässe und Erregung sollte er bestimmen können und durfte nicht durch eigene Wünsche hervorgerufen werden.

Wohl verteidigte sich Marion und sagte, daß schon ein bestimmter Griff seiner Hände sie erregte, daß mancher Kuß sie so durchdringe, daß sie schon nahe einem Orgasmus sei. Sie bewies ihm, daß sie schon nahe einem Orgasmus sei. Sie bewies ihm, daß sie noch trocken war, wenn er sie zum Tisch drängte, er dann jedoch eine solche Ausstrahlung hatte, daß schon den Bruchteil einer Sekunde später ihre Scheide zuckte, und ihr ganzer Unterleib von tiefer Erregung erfaßt wurde. Oft sei es nur sein hechelnder Atem, der sie erregte, dann wieder der Anblick seines steilen, drängenden Schwanzes.

Es war ein schönes Bild, wenn Marion auf dem Tisch mit gespreizten Beinen lag. Die kurzen, gekräuselten Härchen verdeckten anfangs noch etwas ihren Spalt. Manchmal wirkte er so keusch, so jungfräulich, daß es ihn drängte, ihn brutal aufzubrechen. Manchmal wartete er, blickte nur auf diese Linie, diese zärtliche Falte zwischen den Schenkeln und war tief entzückt. Er atmete sie an. Sein Hauch genügte, daß sie sich öffnete, wie eine Knospe entfaltete. Zuerst waren die Mösenlippen nur eine zärtliche, geheimnisvolle Linie. Dann drangen sie hoch, begannen zu klaffen. Die inneren Lippen wurden sichtbar, und zwischen ihnen lag ein kleines Löchlein. Und dieses beatmete, behauchte er gerne. Allein schon dieses Kosen gab Marion viel Lust. Und dann wuchsen die Mösenlippen weiter, spreizten sich, und es zeigte sich das nasse, geile Geheimnis.

Sie erfühlten und erfüllten sich immer. Keiner brauchte den anderen zu rufen. Es war schön, sich nachts an Marion zu drücken, ihre Brüste und Schenkel zu spüren.

Nie brauchte er zu fragen, er durfte immer.

An einem Morgen wachte er auf, weil sein Ralph so stark hochragte. Marion schlief noch, hatte jedoch die Decke abgestreift, und als er den Kopf nach rechts drehte, sah er, daß ihre Süße sehnsüchtig klaffte. Hatte ihn Marion gehört, weil sie die Beine so lüstern gespreizt hielt? Begehren wuchs hoch. Er mußte der Geliebten die Brüste küssen. »Ich liebe dich unendlich«, hatte Marion im Schlaf geflüstert und drehte sich zu ihm, und dann hatte sie plötzlich zu weinen begonnen. Er zog die Geliebte an sich, koste und beruhigte sie. Fast hilflos küßte er sie, was sollte er tun?

Seine einzige Reaktion war, daß er die Geliebte ganz über sich zog, ihr die Beine spreizte und ihr seinen Jimmy anbot. Marion nahm ihn an. Lange kauerte sie so auf ihm, fand allmählich wieder den Frieden.

Bewegungslos lag er unter Marion. Sein Schwanz lag hart und tief in ihr. Ganz langsam, noch schlaftrunken, begann Marion nun ihren Po zu heben und zu senken. Und dann begannen die Brüste der Geliebten zu springen, zu hüpfen und zu tanzen. Er mußte diese zärtlichen Lämmchen fangen und kosen und küssen. Er lutschte links, lutschte rechte.

»Bitte, sei ganz ruhig!« bat Marion.

Er lag bewegungslos auf dem Rücken, ließ die Geliebte gewähren. Der Rhythmus wurde schneller, hektischer; die Brüste tanzten und wippten immer heftiger.

»Ich komme!« schrie es dann. Marion sah ihn fast ängstlich, fast entsetzt und bewundernd an. Sie zuckte hoch, als wäre sein Pfahl Feuer.

»Aaaaach«, gellte sie und ließ sich kraftlos und ergeben auf ihn fallen.

Jetzt warf sich Marion nach vorne, keuchte, stöhnte und schrie: »Ach, aaaaach!«

War es ihr schon ganz gekommen?

Nein, denn sie zuckte plötzlich wieder hoch, hob ihre Scheide an, sein Glied glitt fast heraus, dann rammte sie sich wieder abwärts und bog nun ihren Oberkörper nach rückwärts.

»Ja, jaaa«, schrie sie. »Küß mich, küß mich«, keuchte sie.

Marion gurgelte, lallte. Die Lippen und die Augen wirkten wie irr. Es kam ihr erneut.

»Ralph«, wimmerte sie. »Raaaaalph«, und warf ihre Brüste wie erlöst auf ihn, kauerte zerbrochen und erschöpft auf seinem Schoß.

Es war auch ihm gekommen. Sie hatten sich um ein weiteres Stück ineinander verkettet. Durch neue Lust, durch neue Liebe, durch neues Wissen und durch neues Tun.

Viele Abende, es zog sich wochenlang hin, spielten sie »Tanzen«. Zuerst klappte es nicht, doch als dann Marion hochhackige Sandaletten anzog, hatte sie die richtige Größe.

Sie waren nackt, hoben im Rhythmus der Musik die Hüften, stießen sich im Takt.

Es war ein hübsches, zärtliches Spiel, das sie oft lange durchhielten. Die Brüste Marions kosten dabei seine Brust. Ihre Schenkel lockten und suchten, ihre Glieder umschlangen ihn. Mehr Lust fanden sie, als Marion Bauchtänzerin spielte. Wenn sie so tanzte, weitete sich ihr Spalt innerhalb weniger Minuten. Sein Spiel war wiederum, daß er manchmal seinen Kerl aus ihrem Spalt zog. Er stieß dann an die Klitoris, an die Schenkel, an ihren Bauch oder wieder an das nasse Geheimnis. Alles hatte seinen eigenen Reiz.

Marion drohte bei diesem Tanzspiel oft schwach zu werden, blieb stehen, spreizte ihre Beine, umklammerte ihn und stieß ihn im Stehen. Dann bat er: »Dreh dich um!«

Sie tanzten nun, indem sich Marion mit dem Rücken an ihn lehnte. Er konnte von hinten wundervoll ihre Brüste zerren und spannen. Tat er es besonders lüstern, schrie die Geliebte vor Geilheit. Sie liebten sich dann im Takt der Musik.

Viele Wochen hatten sie es sich so gemacht, wurden durch dieses Spiel nur noch durstiger. In allen Gesprächen, in allem Tun, auch außerhalb der Wohnung, war in ihnen fast immer eine brennende Sehnsucht.

Es machte ihm große Freude – wenn sie in einem vornehmen Lokal saßen – der Geliebten unter das Kleid zu langen und ihre feuchte Kleine zu fühlen.

Es war leicht, die Geliebte in Lokalen zu befriedigen. Sie trug ja Mini, brauchte nur den Po etwas anzuheben. Mit seiner rechten Hand suchte er die Furche, den süßen Duft. Marion stützte sich dann mit den Ellbogen auf dem Tisch ab, hob ihr Gesäß in die richtige Höhe. Wenige Stöße der Finger, und schon kam es ihr. Das Schwierige war nur, daß Marion in ihrer Lust schreien, keuchen und stöhnen mußte. Es war ihr fast unmöglich, den Orgasmus still hinzunehmen.

In den Tagen in Wien hatte Marion eine Phase, wo an ihren Lippen, in den Mundwinkeln immer Speichelfäden hingen, wenn sie einen geglückten Orgasmus erhalten hatte. Wenn ihre Oasenlippen tropften, tropften auch die Lippen. Dort bemerkte er auch, daß mancher Orgasmus in der Geliebten noch lange nachhallte. Es war ihr einmal sehr gekommen. Zärtlich hatte er ihr den Spalt mit dem Taschentuch getrocknet, und nun saß sie wieder gesittet neben ihm. Sie sprachen ein wenig miteinander, sahen dem Verkehr zu und hielten sich zärtlich die Hände. Und auf einmal zuckte Marion zusammen, verkrampfte sich. »Ralph«, gurgelte sie dann, »es kommt mir schon wieder!«

Sie waren im Urlaub in Italien. Sie schlenderten durch die Straßen. Marion hatte nur einen sehr kurzen Lackmantel an, war darunter fast nackt. Sie trug ihren hübschen, dunklen Strumpfgürtel und dazu passende Strümpfe. Keß und froh trippelte sie in lustig klappernden Sandaletten dahin. An einer Hauswand bemerkte sie eine Katze, die kläglich miaute. Die Geliebte bückte sich, um das Tier zu kraulen. Nach einiger Zeit hörten sie hinter ihrem Rücken heftiges Gemurmel. Es kam von etwa zwanzig Männern, die gestikulierend auf Marion sahen. Und jetzt erkannte er den Grund ihrer Aufregung. Marion stand so gebeugt, daß sich ihr Mantel hochgerafft hatte, und unter ihm schimmerten nackte Schenkel, ein herrlicher Po und je nach der beugenden oder knieenden Bewegung, sah man sogar ihre unverhüllte Kleine.

Es war ein hübscher Anblick.

Die Italiener drängten sich heran, riefen irgend etwas. Er riß Marion hoch. Ein dicker, älterer Mann kam auf sie zu und fragte radebrechend, was er verlange, wenn sie das hübsche Fräulein etwas mit auf ihr Zimmer nehmen dürften.

Ihre einzige Antwort war, daß sie davonliefen.

Sie wurden trotzdem nicht vernünftig. Einige Tage später passierte ihnen ein ähnliches Mißgeschick.

Marion hatte ein dünnes Sommerkleid an, trug dazu die großmaschigen, farbigen Netzstrümpfe. Das Kleid war sehr kruz, darunter war sie wieder nackt. Man erkannte sofort, daß sie keinen Büstenhalter, kein Hemdchen und nicht mal einen Slip trug.

Marion gefiel ihm sehr. Er ließ sie immer wieder vorausgehen und freute sich an dem Spiel der Linien ihres Körpers, an dem Wurf und den Falten des Stoffes, der mehr ent- als verhüllte.

Die Netzstrümpfe schufen eine geile Atmosphäre, wirkten fast obszön. Wenn er nur wenige Minuten so hinter der Geliebten schritt, wuchs die Geilheit so in ihm hoch, daß er sie hätte anfallen können. Dann saßen sie in einem Café an einem Marktplatz. Es war nicht gut besucht. Der Wein schmeckte, sie lachten und schäkerten, und Marion achtete nicht darauf, daß sich ihr Kleid am Schenkel hochgeschoben hatte. Der Schatten der Sonnenschirme tat gut, denn auf den Straßen lag ein drückende Hitze. Sie war mit daran schuld, daß die Geliebte so geschürzt dasaß.

Sie sahen nur sich, übersahen die anderen Besucher. Und plötzlich stand vor ihnen ein Herr, der einige Zeit in der Blickrichtung Marions, zwei Tische weiter, gesessen hatte. Er stellte sich höflich vor, sprach fast akzentfrei deutsch. Sie konnten sich seine Worte später nur dadurch erklären, daß er durch eine zu burschikose Beinbewegung den nackten Schoß Marions gesehen hatte und daraus Schlüsse zog. Es konnte auch gewesen sein, daß Marion unbewußt zu ihm geblickt und dabei, weil die Luft in dicken, schwülen Schwaden um ihre Beine strich, ihren Schoß, um ihm Kühlung zuzuführen, geöffnet hatte.

Und so stand der Mann vor ihnen, fragte, ob er kurz Platz nehmen dürfe, erzählte, daß er Besitzer eines Nachtlokals und die Dame – er verneigte sich wieder sehr höflich – bestimmt eine berühmte Striptease-Tänzerin sei. Sachlich fragte er, welche Gage sie zur Zeit erhalte. Dann wurde er intimer – vielleicht, weil er nun auch erkannte, daß Marion keinen Büstenhalter trug, sie unter dem Kleid völlig nackt sein mußte – fragte, ob es dem Herrn recht sei, wenn er die Dame – erneut verneigte er sich überhöflich – in seine Villa einlade. Mit einem eigenartigen Blick auf Marion murmelte er, daß er die Dame noch etwas prüfen müsse, bevor sie in seinem Klub auftrete.

»Wenn Sie es gut machen, wenn Sie jetzt mit mir kommen«, warb er, »kann ich Ihnen schon heute einen kleinen Vorschuß geben!«

Auch hier war Flucht die beste Antwort.

Marion war eine eigenartige Mischung zwischen Scheu und Geilheit. Es war ihr fast unmöglich, mit einem anderen Mann zu tanzen. Auch wenn er in der Nähe war, und wenn es sich um gute Bekannte handelte. Marion konnte brutal unhöflich und abweisend sein, es schmerzte sie fast, wenn im Tanz der Arm eines anderen Mannes sie umschlungen hielt.

Er hatte sie gefragt, warum sie so reagiere.

Marion wußte es nicht, schüttelte nur die Schultern. »Irgendeinen Grund wird es bestimmt haben«, meinte sie später. »Ich erzählte dir ja schon, es gab vier Männer. Sie reichten mir.«

Marion schwieg, er nahm ihre Hand.

»Dich liebe ich«, sprach Marion leise weiter. »Bei dir bin ich zu Hause. Dir vertraue ich. Wenn du mir dies und das befehlen würdest, ich würde es vorbehaltlos tun. Ich gehör dir, nur dir, tue alles, was dir Freude macht, nur kann ich nicht mehr die Hände eines anderen Mannes an mir ertragen.«

Wieder koste er die Hand der Geliebten, drückte sie zärtlich.

»Du darfst alles mit mir tun«, flüsterte Marion. »Du kannst mich in jeder Phase meiner Lust fotografieren. Ich weiß, daß du die Bilder selber entwickelst, niemand sie je sehen wird. Diese Bilder gehören uns, sie gehen keinen Dritten etwas an.«

Wenige Tage darauf führte sie die Lust in eine weitere heikle Situation. Es war Nacht. Überall hing stickige Schwüle, sie lagen nackt auf dem Bett. Irgendwo war Musik, eine melodische Männerstimme sang.

Vielleicht war es der sehnsüchtige Unterton dieses italienischen Liebesliedes, vielleicht lag es nur an der Schwüle, an der kosenden, lockenden Luft.

Er hatte eine Hand unter den Po der Geliebten geschoben. Sofort spreizte sie ihre Beine, und er legte den Mittelfinger zärtlich auf die Kleine, drückte millimeterweise die Schamlippen auseinander. Prickel wuchsen hoch, erste Liebkosungen und Küsse.

Trotz der drückenden Hitze knutschte er sie richtig durch. Die Geliebte warf sich ihm vom ersten Stoß an rhythmisch entgegen, und sie machten sich einen herrlichen Trip.

Etwa eine Stunde später fragte er, welche Stellung ihr eigentlich am liebsten sei. Die Antwort war, daß sich Marion sofort auf ihn hockte. Sie stützte links und rechts von seinem Kopf ihre Hände auf. Ihre Brüste tanzten über seinen Lippen, und so begann ihn die Geliebte zu reiten. Marion hüpfte mit ihrem ganzen Körper so auf ihm, daß es selten gelang, eine Brustwarze zu erhaschen, sie zu kosen und zu lutschen.

»Du, es kommt mir«, schrie er.

»Mir auch«, gellte Marion und küßte ihn ekstatisch.

In dieser Nacht suchten sie sich mehrere Male und wurden nach jedem Bums geiler.

»Stoße mich noch fester, noch toller«, bettelte sie wild.

So zog er Marion zum Tisch,warf sie mit dem Rücken darauf, riß ihr die Beine hoch und liebte sie wie besessen.

Da klopfte es an die Wand, aus jenem Zimmer, das neben ihnen lag. Eine ältere Frauenstimme sagte entrüstet: »Junger Mann, ich war auch einmal jung verheiratet und mit meinem Mann auf der Hochzeitsreise, aber das, was Sie da tun, das geht doch nicht. Wenn man liebt«, schloß sie pastoral, »schenkt man Freude und nicht den Schmerz.«

»Ich mache es dir noch einmal, Liebste, sei aber still«, flüsterte er. Es kam ihnen erneut, und nun hatten sie den Frieden.

Jedes Wochenende wurde zu einer Hochzeitsreise. Sie fühlten sich schon nach wenigen Monaten verheiratet, und die Nächte waren immer wieder Hochzeitsnächte. Konnten sie einen Tag Urlaub anhängen, feierten sie Flitterwochen.

Machte sie das so geil?

Die letzte Dummheit in Verona machten sie am Abend vor ihrer Rückfahrt. Der Fluß trieb träge dahin, die Brunnen plätscherten schläfrig, und so schlenderten sie nach dem

Abendessen den Spazierweg in die Flußauen entlang. Marion trug nur ein luftiges Minikleid, es war sehr knapp und sehr kurz. Während des Gehens knöpfte sie sich die unteren Knöpfe auf und dann auch die über den Brüsten. Schon bald war in ihm einiger Prickel, denn oft lugten die Brüste Marions aus dem Ausschnitt und wippten erregend. Bei manchen Schritten drangen die Schenkel durch das geöffnete Kleid und ließen die Sinne zur Geilheit anwachsen.

Warum liebte er dieses Spiel zwischen Bekleidung und Nacktheit so?

Bald waren sie auf der Uferpromenade völlig alleine. Sie umarmten sich immer wieder, küßten sich minutenlang. Wie ein Pennäler suchte er an abgelegenen Plätzen die Brüste der Geliebten, streichelte und lutschte sie.

Ihre Geilheit wuchs mit jeder weiteren Minute. Sie zwang sie fast auf eine einsame Bank, die abseits in einem Pinienwäldchen stand. Dort saßen sie. Stundenlang?

Er wußte es nicht mehr. Sie spielten und kosten, küßten und gierten. Schon längst hatte er das Kleid Marions völlig geöffnet. Die letzten Sonnenstrahlen vergoldeten ihre Brüste, ihren Bauch, gaben dem Schoß einen Schimmer, daß er in seiner drängenden Lust immer mehr glaubte, die Fingerkuppen in jede Pore drücken zu müssen.

Auch in Marion kochte das gleiche Feuer, denn als er, wie entschuldigend, seine Fingerkuppen zurückzog, schnellte sie ihm ihren Schoß entgegen und drückte alle seine Finger an ihren Spalt.

Marion hing mit weit gespreizten Beinen über der Bank, keuchte, hechelte. Er küßte sie überall, an den Schläfen und den Augen, leckte die Nasenlöcher und die Lippen, saugte am Ohr und biß in die Schultern und Brüste. Marion war nun Wachs, ließ sich willenlos hin- und herdrehen, schwankte unter seinen Küssen und bot ihm immer wieder stöhnend ihre Brüste an.

Ihr Atem wurde knapp. Dunkelheit hüllte sie ein. Marion lag nackt in seinen Armen.

»Komm!« keuchte er. Marion kam, kniete sich über ihn, drückte seinen Ralph in ihren Spalt, und sofort versanken sie in einem Meer der Lust.

Beide waren sie fast ohnmächtig vor Lust, rangen um die letzte Erfüllung, stießen sich in Pein und brennendem Orgasmus.

Er war oft eifersüchtig.

»Wie war das mit dem ersten?«

Marion schwieg zunächst, dann kuschelte sie sich an ihn, lehnte ihren Kopf an seine Brust.

»Er war anfangs sehr nett, verstand gut zu erzählen. Dann gingen wir zum Tanzen. Dort begann er plump zu werden, doch war in mir eine solche Sehnsucht, eine fast abgrundtiefe Einsamkeit, die irgendwie schon zur Hoffnungslosigkeit geworden war. Ich war betrunken, nicht von Alkohol, sondern von tausend und aber tausend Wünschen.

Nach einigen Tänzen flüsterte mir der Mann ins Ohr, daß er mit mir in der Pause in den Garten gehen wolle, er müsse mir einen Fick machen. Ich unterbrach sofort den Tanz, ging an meinen Tisch und hätte am liebsten geweint. Dann war plötzlich wieder diese warmherzige Stimme neben mir, die mir anfangs so gefallen hatte. Sie war so zärtlich. Wir gingen in die Nacht hinaus. Die Kühle tat nach dem überheizten Tanzsaal gut. In einem Schuppen legte er mich mit dem Rücken über einen schmalen Tisch, der sehr schmutzig war. Die Beine wackelten, die Tischplatte war auch locker, und im ganzen Raum roch es unangenehm nach Katzen. Und dort drang er in mich.

Als er kaum fertit war, richtete er sich auf, knöpfte seine Hose zu, langte nach einer Zigarettenpackung, zündete sich eine Zigarette an, machte einen Zug, sah kurz auf mich, die ich noch auf dem Tisch mit gespreizten Beinen lag und ging. Er sagte nichts, ging einfach. Ich weinte, fühlte mich beschmutzt, fand meinen Slip in dem dunklen Schuppen nicht mehr. Es fiel mir auch schwer, mich von dem wackeligen Tisch zu erheben. Als ich in das Lokal kam, stand der Mann an der Bar. Ich schlich zur Garderobe, nahm meinen Mantel und stahl mich davon. Wochenlang war ich fast krank. Ich badete mich täglich, meinte, diese Schmach wegwaschen zu können.«

Marion schwieg. »Auch der letzte war primitiv«, sagte sie dann knapp.

»Empfandest du es nur so, oder war er es wirklich? Ich bin doch auch oft unmöglich, benehme mich wie ein Tier, gebrauche, wenn ich sehr geil bin, ebenfalls Worte aus der Gosse . . .«

»Wir lieben uns, das ist der Unterschied. Ich glaube, wenn man liebt, darf man alles tun, alles sagen und nichts wirkt dann obszön.

Der letzte war ein Schwein. Schon am ersten Abend sprach er, als erzählte er etwas Belangloses, daß er schon einige Frauen gevögelt habe, daß er mancher Verheirateten, weil sie besonders geil war, schon manchen verpaßt hätte. Er gebrauchte Worte wie Möse und Schwanz, trank viel. Ich wäre durch ihn beinahe zur Trinkerin geworden. Schon nach dem dritten Kognak langte er mir unter das Kleid. Als ich ihn abwehrte, sagte er entschieden, daß er mich auf dem Heimweg vögeln werde.«

»Und?«

Marion küßte ihn, sah ihn fragend an. »Darf ich ehrlich sein?«

Er nickte.

»Ich war zu allem bereit, wollte nur nicht mehr allein sein. Die Sonntage waren mir zur Qual geworden. Ich verkaufte mich für ein Linsengericht, ging mit.«

»Wohin?«

»Zu ihm.«

Er schluckte, hatte Angst, die Eifersucht schmerzte.

»Ich ging mit, weil er einen sehr sportlichen Körper hatte. Auch seine Hände wirkten gut, waren braun und gepflegt.«

Marion erhob sich, schritt an das kleine Mäuerchen, das als schützende Brüstung den Weg vom Steilufer abschirmte. Dort stand sie einsam und gedankenverloren.

Er trat hinter sie, küßte ihren Nacken. Seine Hände hielten ihre Brüste. So standen sie lange und waren sehr glücklich. Sie hatten ineinander ihre Heimat gefunden.

Das Wasser, unten im Flußbett, sprudelte am Felsen, staute sich, kleine Wasserfälle rauschten, die Zikaden sangen.

Sie gingen zur Bar zurück, setzten sich. Marion erhob sich, breitete ihre Arme aus, als wolle sie die Dunkelheit kosen. Ihre Silhouette, dem Horizont zu, war reizend. Er mußte die Geliebte in den Arm nehmen, erhob sich und trat hinter sie. Seine Hände streichelten die Hüften, die Brüste, die Schenkel. Bald standen die Brustwarzen hart und fest ab. Sie hatte etwas die Beine gespreizt. Ihre Kleine drängte sich nach rückwärts, suchte ihn. Innerhalb weniger Sekunden wurden seine Hände zu Pflügen, die in die Brüste tiefe Furchen strichen. »Küß mich, Ralph!« stöhnte Marion. Er warf sich in sie hinein. Sie liebten sich, daß sie ihre Lust schrill in die Nacht hinausschreien mußten. Es wurde ein wundervoller Trip. Er erfüllte sie so tief, daß sie noch lange danach keuchten und zitterten.

Sie konnten einige Zeit nicht sprechen, so klopften ihre Herzen.

Er war noch geil, koste ihren Spalt, zupfte die Klitoris, freute sich, als Marion schon wieder leicht stöhnte, und ihre Lippen ihn in Gier suchten.

Später gingen sie einige Schritte auf und ab. Marion nackt. Er hatte nur noch seine Shorts an. Der aufkommende Mond vergoldete ihren Körper.

Zum Glück sah man sie nicht, denn ihr Gehen wirkte eigenartig. Einige Minuten ging er hinter Marion, eng an ihren Rücken gelehnt. Er hatte seine Hände unter ihre Achseln geschoben, und jede Hand koste und knetete eine Brust. Dann gingen sie, Brust an Brust, engumschlungen, und derjenige, der sich nach rückwärts bewegte, durfte die Augen schließen und träumen. Dann standen sie wieder an dem Mäuerchen zu den Klippen. Marion hatte ein Bein auf den Quader gestellt, und er stand vor ihr, drückte ihre Brüste an sich und kraulte ihre Möse mit der rechten Hand. Sie war schon wieder sehr naß. Er wartete, küßte die Geliebte, koste ihren Körper mit kleinen Stößen. Marion begann zu stöhnen. Wieder in zärtlichem Spiel senkte er nun den Zeige- und Mittelfinger der rechten Hand und legte sie auf die Scheide. Sie klaffte sofort, wurde naß. Marion zitterte und rang nach Atem. Innere Kämpfe zeigten sich, ihr Körper bebte immer mehr. Und so tat er das, was er tun wollte.

Marion stützte sich auf der Brüstung ab, hielt ihm ihr Gesäß entgegen. Er hatte wieder eine jener Phasen, die Geliebte ganz nahe zum Orgasmus zu führen, ihn ihr jedoch lange nicht zu geben. Er lauschte, berechnete jedes Kosen. Schrie Marion schrill, hörte er sofort auf. Ja, einmal war ihr der Orgasmus so nahe, daß er seine Finger herauszog und nur noch ihren Kopf zärtlich streichelte.

Er weidete sich an der Gier der Geliebten, er trank ihr Stöhnen; ihre Qual war für ihn neue Lust.

Auch ihm war es sehr nahe.

»Gehen wir auf die Bank«, sagte er mit schwerer Stimme.

Er mußte Marion führen, sie war trunken vor Geilheit. Zuerst machten sie es sich im Stehen; er wußte, daß es ihr da selten kam, freute sich jedoch, daß sie trotzdem auch da in schriller Lust keuchte.

»Macht dir auch so etwas Freude?« fragte er besorgt.

Marion nickte. Eigentlich konnte sie nicht mehr sprechen, doch hatte sie sich zu sehr der Liebe unterworfen, als daß sie keine Antwort geben durfte.

»Ja, es tut mir schon gut. Es macht mir Freude, wenn meine Brüste dich kosen dürfen, sie auf dir aufklatschen. Manchmal meine ich, wenn ich auf dir reite, und es mir kommt, daß auch meine Brustwarzen an dir einen Orgasmus finden, daß das schöner und herrlicher ist.«

Sie schrie auf.

»Es tut mir gut, wenn dein Schwanz an meiner Klitoris reibt. Wenn du es mir von hinten machst, ist es aber auch schön, denn dann stößt dein Pint mich in der oberen Hälfte meines Spalts. Das ist wundervoll. Schön ist es auch, wenn ich dich reite und ich meine Möse auf dir kreisen lassen kann, dann spüre ich dich überall, dann ist es mir, als ob ich dich und mich selbst liebe.«

Sie verhielten etwas, standen eng aneinandergeschmiegt. Marion wurde ruhiger, hatte jedoch noch immer ihre Zähne an seiner Schulter vergraben.

»Ralph«, flüsterte sie nach einer kleinen Pause. »Warum hast du nicht zwei Johnnys?«

»Warum?«

»Dann könntest du mich zweimal zur gleichen Zeit lieben!«

»Zweimal?«

Marion nickte.

»Ich könnte mich über dich knien, deinen Johnny lekken und saugen, und wenn es mir kommt, könntest du mich zur gleichen Zeit von hinten stoßen.«

Ihre Stimme wirkte wie gebrochen, wurde schwer und geil. Marion schauerte zusammen, träumte vor sich hin.

Die Geliebte verkrallte sich in ihn. »Der Mann, den ich liebe, würde mich dreimal lieben«, seufzte sie und stöhnte in seine Lippen neue Lust.

»Und wenn ich vier hätte?« fragte er mit knappem Atem.

»Dann würde ich den vierten an mein Herz, an meine Brüste drücken, ihn mit beiden Händen umklammern. Und den Saft, den du mir daraus schenken wirst, würde ich auf die Brüste gießen und dort verreiben. Besonders die Brustwarzen würde ich damit bestreichen. Sie sollten größer sein, sie sollen so groß werden, daß sie deinen Gaumen ausfüllen und sie dich allein schon zum Orgasmus führen.«

Sie zitterten in Wollust.

»Ralph, bitte, ich möchte dich jetzt reiten«, bettelte Marion. Sie verkrochen sich hinter der Bank, zwischen einige Büsche. Der Boden war sandig, weich. Er lag kaum auf dem Rücken, als sich Marion schon auf ihn kauerte. Sie schrie, sah ihn mit fast entsetzten Augen an, hockte auf ihm, als wäre die Lust, die sie empfing, zu einem entsetzlichen Erwachen angewachen.

Die Brustwarzen waren geile, schwarze Male.

»Gib mir deine Brust«, bat er.

Marion beugte sich und er biß, leckte und saugte seine Zärtlichkeit in diese Brüste hinein. Die Brustwarzen waren jetzt harte, borkige Finger, waren Entenschnäbel, die, wenn Marion ihn ritt, ekstatisch hüpften und nach ihm hackten.

Marion schrie, hieb sich wie besessen auf ihn.

»Laß dir Zeit, Liebste«, mahnte er. Doch Marion war am Ende ihrer Kräfte, mußte sich die Erlösung geben.

»Komm«, sagte er. Marion beugte sich auf ihn herab, verbiß sich in seine Lippen.

Sie liebten sich wieder, als hätten sie sich Monate entbehren müssen. Er stieß sich nur so in ihren Spalt hinein. Es kam ihnen zur gleichen Zeit. Noch während des Orgasmus brach Marion zusammen. Sie nahm nichts mehr wahr, spürte nicht, wie er sie neben sich, in den warmen Sand bettete, war fast bewußtlos.

Dann lagen sie nebeneinander auf dem Rücken, sahen in den Himmel, betrachteten beglückt die vielen Sterne, hörten dem Singen der Zikaden zu, lauschten den kleinen Wasserfällen und schwiegen. Sie waren ungeheuer froh, dankbar und glücklich.

»So möchte ich einmal sterben«, seufzte Marion.

Sie sprachen dann über dies und das, küßten sich zwischendurch. Sie lebten zeitlos, waren auf einer einsamen Insel im Weltmeer. Sie waren Adam und Eva, waren die ersten Menschen.

»Soll ich dir zeigen, wie tief du in meinem Blut bist?« fragte sie ihn dann müde, als spreche sie im Halbschlaf.

»Ja«, lächelte er satt.

»Lege drei Finger zwischen meine Schamlippen.«

Er tat es.

»Etwas tiefer.«

Die Finger glitten in die Süße. Schon bäumte sich der Schoß der Geliebten hoch. Sie keuchte, ihre Hände verkrallten sich im Sand, an einzelnen Grasbüscheln fest. Es kam ihr schon wieder so heiß und wild, daß sie mit einer Hand seine Finger in ihre Scheide stieß und sich damit masturbierte. Dann sah sie ihn beglückt an. »Hast du gespürt, wie nahe du mir bist, wie du in jedem Tropfen meines Blutes liegst?«

Er konnte sie nur küssen.

»Es war schön«, seufzte Marion in die Nacht. Und er antwortete: »Auch für mich war es wundervoll, fast so, als wenn dich mein Kleiner geliebt hätte.«

Er erhob sich. »Marion, ich glaube, so ganz allmählich müssen wir nun doch nach Hause gehen, wir haben morgen eine lange Fahrt vor uns.«

Und jetzt erhielten sie die Quittung für ihre Tollheit. Sie suchten auf der Bank, hinter ihr, an der Brüstung nach dem Kleid. Es war weg. Marion begann zu frieren, er zog ihr sein Polohemd und seine Short an.

Doch wo war das Kleid? Wenn es auch schon nach Mitternacht war, konnten sie so nicht in den Ort und in das Hotel gehen.

Er suchte überall. Die Sandaletten der Geliebten waren aber für Klettertouren nicht gerade geeignet und so bat er, daß sie sich auf die Bank oder unter einen Baum setzte, er müsse über die Brüstung in das Flußbett steigen. Vielleicht hatte ein Windstoß das Kleid auf die Felsen geweht.

Marion wollte jedoch nicht alleine bleiben, tappte mit durch die Dunkelheit, blieb immer in seiner Nähe stehen, wollte ihn sehen und hören. Er fand das Kleid, und sie atmeten befreit auf, lachten sich aus und waren sich einig, daß sie in dieser Urlaubsfahrt wieder einige verliebte Dummheiten gemacht hatten und sie wohl nie richtig gescheit werden würden.

Auf der Rückfahrt am nächsten Morgen konnten sie es nicht lassen, abschiednehmend noch ein Abenteuerchen zu inszenieren.

Er hatte soeben das Gepäck im Kofferraum verstaut, als Marion neben ihm stand und feierlich fragte: »Na, wie gefällt dir dein süßes Weibchen?«

Er blickte hoch, denn Marion hatte ihn mit einer so eigenartigen Stimme gefragt. Dann lächelte er. Die Geliebte hatte sehr knappe, weiße, enganliegende Shorts an. Eigentlich war es fast mehr ein Slip. Darüber trug sie einen kessen Ringelpulli, der unter den Achseln sehr weit ausgeschnitten war. Fast zu weit, wie das Höschen fast zu klein war. Natürlich trug sie keinen Büstenhalter. Und der Pulli war mindestens eine Nummer zu klein. Was jeder bestimmt sofort erkannte, war auch, daß Marion unter dem Höschen keinen Slip trug.

Ihre Brüste zitterten erregt. Am Hoteleingang drängten sich einige Männer – Touristen und Italiener – und gafften auf Marion. Die Pobacken zeichneten sich ab, drängten an den Stoff, und das Leinen war sehr durchsichtig, denn man konnte einwandfrei die Pofurche erkennen, und vorne sah man das Dreieck ihres Schoßes. Und als er genauer hinblickte, merkte er auch, daß die Naht des Höschens nicht auf, sondern in der Scheide lag.

Er bekam Herzklopfen. Links und rechts der Naht, die die Möse fast spaltete, lagen kleine Wülste, die Mösenlippen. Marion lachte frivol. »Na, wie gefalle ich dir?« fragte sie mit lüsternem Unterton.

Er lachte. »Sehr, Liebste«. Auf dem Gehsteig blieben nun ebenfalls Männer stehen. »Wir müssen jetzt aber ganz schnell weg. Sonst überfällt man dich gleich in grenzenloser Gier, an der du nicht unschuldig bist.«

Sie hatten das Städtchen noch nicht ganz verlassen, daß mußte er anhalten und die Geliebte in die Arme nehmen. »Du siehst toll aus«, lobte er. »Wenn du nicht meine vom Dompfaff angetraute Frau wärest, würde ich dich sofort verführen!«

›Ralph«, lockte Marion und zog ihren Pulli straff. Die Brüste drängten nur so.

»Mein Ehemann«, seufzte sie. Dann streckte sie wollüstig ihre Beine, grätschte sie. »Noch bist du ja vor dem Gesetz nicht mein Mann. Noch ist das, was wir tun, Sünde.«

Sie sprach nicht weiter, reckte sich wieder geil, ihr Schoß zuckte. Sie hatte den Kopf nach hinten, an die Polsterung gelehnt, starrte mit weitgeöffneten Augen durch die Windschutzscheibe. Ihre Brustwarzen stachen durch den Pulli.

Er mußte diese Brüste kosen, und schnell beugte er sich zu Marion und nagte etwas an jeder Brustwarze.

Marion rang im gleichen Augenblick nach Atem wie eine Ertrinkende. Was sollte, was mußte er tun? In fast regelmäßigen Abständen fuhren an ihnen Autos vorbei, Fuhrwerke, Esel mit großen Traglasten wankten daher und blieben oft stehen. Die Lippen Marions hatten sich jedoch so verzogen, daß er etwas Frieden geben mußte. Er zog ihren Kopf an sich, küßte die Geliebte, koste sie innigst mit der Zunge, und eine Hand hatte er unter ihren Pulli geschoben, und dort zerrte und knetete er eine Brustwarze.

Es kam Marion. Als er Minuten später weiterfuhr und kurz auf ihren Schoß sah, hatte sich am Zwickel, zwischen den Beinen, ein großer, nasser Fleck gebildet.

»Warst du ganz bei mir?« fragte er zärtlich.

»Vielleicht. Auf einmal überfiel mich eine riesige Welle der Lust und Zärtlichkeit. Dann kam es mir. Ich bin ganz naß.«

Marion hing mehr auf ihrem Platz, als daß sie saß. Schweratemend kauerte sie, ihren Schoß weit nach vorne geschoben, auf ihrem Sitz.

Er fuhr langsam weiter.

»Ralph«, seufzte es schwer neben ihm.

Er legte seine rechte Hand in den Schoß der Geliebten. Ihre Hände hoben diese Hand hoch, führten sie an die Lippen, küßten sie, dann drückte sie die Finger in ihren Schoß. Die Naht des Höschens hatte die Scheide gespalten. Die Hände Marions suchten, knöpften, dann schob sie seine Finger in den geöffneten Bund, an ihren Spalt. Er klaffte, war sehr naß.

Marion bot ihm rhythmisch ihre Scheide an. Seine Finger fielen in Abgründe. Das Gesäß hob und senkte sich in beginnender Ekstatik.

»Stoß mich bitte«, keuchte sie, und ihr Schoß wellte sich voller Lust hoch.

Er bog von der Straße ab, fuhr in ein kleines Pinienwäldchen. Der Wagen stand noch nicht ganz, als sich Marion das Höschen abriß.

»Komm zu mir, auf meinen Sitz«, gellte sie schrill.

Marion kniete schon auf ihrem Platz. Als er um den Wagen zu ihrer Türe herumgekommen war, bot sie ihm ihr Gesäß an, und er stieß sich in ihren Spalt hinein, bügelte dort jede Falte glatt und stopfte jede Pore.

Es wurde ein schöner Trip, ein guter Trip. Es kam Marion bestimmt einige Male. Dann fuhren sie weiter. Sie waren noch so trunken, daß sie nicht sahen, daß Marion nur ihren Pulli trug, unten völlig nackt war. Nein, sie sahen es schon, nur waren sie zu geil, um daraus die erforderliche Konsequenz zu ziehen. Er freute sich dieser Nacktheit, und Marion war glücklich, weil sie diese seine Freude spürte.

Oft flüsterte sie zärtlich: »Liebster«, und jedes Mal drückte sie ihren Schenkel an ihn und spreizte die Beine so, daß er ihren Spalt sehen konnte.

Und ebenso oft und glücklich rief er zurück: »Liebste«, und es war nicht nur Einbildung, daß sich bei diesen Anrufen die nasse Scheide sofort wieder zum geilen Spalt öffnete.

Dieser Italienurlaub lag noch lange in ihren Sinnen. Sie liebten sich nun schon über ein Jahr, und noch immer war zwischen ihnen ein beseeltes Geben und nehmen. Es gab aber auch Situationen, in denen sie Egoisten wurden, sie nur nahmen. Er hatte seine Phasen, Marion ihre. Es gab Minuten, wo der andere, trotz aller Liebe, nur noch Mittel zum Zweck, zur weiteren Lust, war. Gestern war er es, der die Geliebte wie ein Tier genommen hatte. Marion lag erschöpft am Boden, hatte mehrere Orgasmen erlebt, war fertig. Sie lag auf dem Rücken, die Augen geschlossen.

Eigentlich war es ein schönes Bild. Die schwarzen Haare lagen wie Schlangen um ihre Wangen. Die Zähne blitzten durch die noch jetzt keuchenden Lippen, die Hände hatten sich in den Teppich gekrallt.

Die Stehlampe schien nur die Aufgabe zu haben, die schwarzen, geilen Brustwarzen noch mehr hervorzuheben und den Schoß in neue Lust zu tauchen.

Zuckte die Scheide noch? Bebte nicht auch der Körper? Lag in Marion noch unausgelebte Lust?

Warum zog sie die Schenkel bis an die Brüste, spreizte sie?

Irgendwie schienen sich die Schamlippen zu bewegen. Hatte nicht auch die Klitoris gezuckt?

Warum zog Marion die Schenkel noch weiter hoch?

Die Härchen grüßten ihn, die Schamlippen riefen, die Klitoris zuckte, als wollte sie nach ihm greifen.

Was sollte er tun?

Marion bäumte sich erneut hoch. Auf dem Tisch stand Sekt. Er trank ihn gierig aus der Flasche. Befreiung, Erleichterung beherrschten ihn. Im Radio spielte leise eine zärtliche Musik. Der Schoß Marions lag im Licht, rief, forderte, die Brüste lagen im Halbschatten, ergaben hübsche Konturen.

Marion seufzte, streckte sich, als würde sie aus einem tiefen Schlaf erwachen. Dann legte sie sich auf den Bauch, atmete tief durch, drückte ihre Wangen an den flauschigen Teppich. Kurz zuckte ihr Körper, als erlebe er etwas, fühle etwas nach, dann wurde der Atem lang und tief. Ihre Lippen strichen wollüstig über die Spitzen der Teppichfasern. Sie koste sie mit den Wangen, den Lippen, barg in kleinen Wellen ihren Kopf wieder in dem zärtlichen Flausch.

Marion nahm jede Faser des Teppichs wollüstig auf. Ihre Brüste glitten auf ihm hin und her, auf und ab, hüpften etwas, sanken und hoben sich, preßten ihn und kosten jede Spitze, dann glitten sie sinnlich über jede Faser.

Es war ein bestrickendes, prickelndes Spiel. Auch für ihn. Marion spielte mit jedem Reiz, suchte ihn, empfing ihn. Dann preßte sich ihr zuckender Leib auf den Boden, als gäbe er Kühle, als schaffe er Linderung für eine drängende Glut, als gebe er Wärme für erschlaffende, frierende Glieder.

Einmal zog Marion das linke, dann das rechte Bein an, in immer neuen Bildern zeigte sie sich ihm. Dann lag sie wieder still, bewegungslos, die Beine gestreckt, doch leicht gespreizt.

Warum war ihr Gesäß so geöffnet?

Warum war ihr Spalt so naß?

Minutenlang lag Marion so. War sie eingeschlafen?

Geilheit wuchs in ihm hoch, weil sich die Kleine nun geschlossen hatte. Sie war nur noch Hauch, Andeutung, Linie unter zärtlichen Härchen.

Vor ihm lag ein jungfräuliches Mädchen. Die Scheide wirkte keusch, kündete trotzdem von Sehnsucht und Erwartung.

Die herbe Linie bestrickte ihn. Diese Andeutung eines Spalts mußte doch aufgebrochen werden! War diese Linie nicht ein Acker, der darauf wartete, daß man ihn pflügte, aufbrach, mit Samen füllte?

Er war trunken vor Lust. Sie erfüllte und erregte ihn. Neue Wünsche tauchten auf, bestrickten ihn.

Stopfen, Füllen.

In ihm rang die Lust mit der Liebe. Die Liebe befahl, daß er Marion endlich in Ruhe ließ. Die Lust dagegen wollte diesen Spalt aufbrechen und so schnell es ging zum geilen Abgrund, zum gierigen Loch machen.

Die Lust siegte.

Marion schlief. Sie war weit weg, im Traumland, als er ihre Oase öffnete. Noch hatte die Geliebte die Gegenwart nicht ganz erfaßt, als er ihr die Schenkel wieder zusammenschob und es ihr so machte.

Zuerst war er zärtlich, vorsichtig, wollte die Geliebte nur an diese neue Stellung gewöhnen. Dann hatte er den Muttermund gefunden. Die Möse klaffte lüstern, und geil stieß er sich mit heftigen Stößen hinein.

Er lag auf Marion, sein Gewicht erdrückte sie fast. Er versuchte, sich mit den Knien abzustützen, aber die Lust preßte ihn in an den warmen Arsch, in den geilen Abgrund. Die Liebesstellung war nicht gut, die geschlossenen Schenkel drückten den Spalt eng zusammen.

Lang blieb der Spalt Marions eng und schmal. Doch er schlug sich in ihn, als wenn er geöffnet wäre, als wenn die Geliebte vor ihm knien oder liegen würde.

Zuerst war Marion still. Er spürte, sie empfing ihn mit dem Herzen. Dann keuchte sie, ihre Sinne erwachten.

Nun schob er sich in den Spalt, bis ihn der Orgasmus weitete.

Es kam ihr fast ununterbrochen. Auf dem Teppich bildete sich ein großer Fleck. Es gibt ihn heute noch. Sie hatten in all den Monaten wohl mit den verschiedensten Fleckenmitteln versucht, ihn zu beseitigen. Ein Schatten blieb.

Ralph seufzte tief durch. Marion, die Geliebte, war in vielen, in sehr vielen Dingen die Leichtere, Fröhlichere und Unbeschwertere.

Wenn sie beglückt auf dem Boden lagen, wies sie auf den Schatten. »Weißt du noch?« fragte sie.

Oder sie legte sich mit den Brüsten auf den Fleck, spreizte wie damals die Beine und seufzte: »Ralph, weißt du noch? Ach, ich bin so unendlich glücklich.«

Sie konnten über das Geschehen damals, über diesen

nicht tilgbaren Fleck, noch oft sprechen. Marion hatte ihm erzählt, daß sie neue, noch nicht gekannte Reize empfing, wenn er sie durch die geschlossenen Schenkel koste.

»Liebste«, seufzte er oft und drückte irgendein Körperteil selig an sich. »Wenn du ehrlich bist, mußt du sagen, daß ich dir manchmal Qual bereite.«

»Wieso?«

»Ich bin oft so sehr lüstern.«

Auf manchen Spaziergängen schäkerte er und erzählte, welche Lust und welche Orgasmen sie damals empfangen habe.

»Du schriest ach und oh, mh und uh, und am Schluß, als es dir kam, hast du fast ununterbrochen aaaaaaaach gegurgelt.«

»Du lachst mich aus!« schalt ihn Marion.

»Verzeih mir«, entschuldigte er sich. »Ich bin so glücklich, so stolz und so froh.«

»Warum so glücklich?«

»Weil eine so hübsche Frau mich liebt.«

Die Quittung war ein Kuß, der eine Nuance zu heiß war.

»Und warum bist du stolz?«

»Weil ich dir so die Erfüllung, das letzte Glück und in jeder Beziehung Heimat und Geborgenheit geben kann.«

Marion hockte sich auf ihn, ihr Spalt drängte, ihre Lippen gierten.

»Und warum bist du so froh?« fragten zuckende, fordernde Hände, Schenkel und Brüste.

Er zögerte. Aus Freude?

»Sprich«, forderte Marion und biß ihn.

»Weil du soviel Glück findest, weil es wohl einmalig ist, daß sich Mann und Frau so verstehen.«

»Und so gesucht und gefunden haben«, endete Marion.

Die Geliebte hockte auf ihm, ihre Muschi drängte so heiß, daß er seinen Schwanz einführen mußte. Er war ohne Begehren, war satt, er lag schlaff in der Möse. So hockten sie. Das Begehren wuchs, und sein Schwanz füllte den Spalt der Geliebten wieder voll aus.

Marion empfing ihn ganz still, ihre Lippen lagen an seiner Schläfe. Dann weitete sich ihre Möse, weil sein Pint immer größer wurde. Und plötzlich stieß er sie, und im gleichen Augenblick begann Marion zu klagen.

Er schrie. Marion schrie.

Er stieß, Marion stieß, warf sich ihm ekstatisch entgegen.

Er lallte: »Maaaarioooon!«

Und die Geliebte lallte ebenso, war wie er trunken vor Lust. »Komm!« stammelte sie zitternd an seinen Mund.

»Ja, Marion«, schrie er und verzärtelte sich in die Geliebte. Und Marion keuchte zurück und rief: »Komm, Ralph«, dann gellte sie: »Oh!« und »Ach, ach, ach, aaaaach«, flüsterte sie. »Ach, aaaaach!« Jeder hatte seine Lust gefunden.

Marion wurde ihm, je länger er sie kannte, immer mehr ein Mysterium. Obwohl sie wußte, daß er es liebte, wenn sie unter dem Kleid nackt war, streifte sie oft jegliche Bekleidung ab, trug nur noch den Strumpfgürtel und die Strümpfe. Oder sie zog nur einen Slip an und war sonst völlig nackt.

Der Slip stand ihr. Er war aus einem rötlichen, schleierartigen Material und mit schwarzen Spitzen und Borten eingesäumt. Aber das war es nicht, was ihn so erregte, sondern daß die Geliebte ihn sich an der Scheide auf die Seite zwängte. Es sah geil aus, wenn Marion so vor ihm stand oder arbeitete und ihren Spalt obszön zeigte. Oft lag er auch in die

Pofurche gezwängt, war nur noch rötlichschwarzer Schatten, und ihre Pobacken wirkten dadurch geil. Am meisten erregte es ihn, wenn sich Marion die sowieso schon sehr schmale Stoffbahn in den Spalt gedrückt hatte, die Schamlippen dadurch gespalten wurden.

Wenn Marion ihn nahm, nur ihre Lust suchte, ritt sie ihn. Sie nahm ihn dann so brutal, wie er sie oft hart und wild genommen hatte. Sie machte es sich selbst, sein Glied war nur Mittel zum Zweck. Sie masturbierte sich mit seiner Lust. Er durfte sich kaum bewegen, sie brauchte nur seinen Schwanz, war fast unglücklich, wenn es ihm zu früh kam. Sie geilte sich auf, wenn ihr Arsch auf seinen Schenkeln aufklatschte. Sie stöhnte vor Lust, wenn sein Schwanz in ihrer Fotze schmatzte und schnalzte. Sie schrie, wenn seine Eichel ihren Muttermund berührte, und sie gellte laut auf, wenn sie sich durch ihn selbst berührte.

Und so sehr sie den Orgasmus liebte und ihn immer wieder suchte, konnte sie klagen und betteln, wenn sie fühlte, daß es ihm kam. »Liebster, noch nicht. Ich möchte dich noch etwas haben, werde ruhig, ich muß deinen Schwanz spüren. Mach du nichts, laß mich dich stoßen. Bitte, Ralph, noch nicht . . .«

Es war nicht leicht, Marion machte es ihm oft nicht leicht. Wie sie ihm diente, verlangte auch sie sein Dienen. Und wenn sie wünschte, daß sie auf seiner Stange mehrere Orgasmen bekam, durfte es ihm nicht so schnell kommen.

Er war Egoist, aber auch Marion.

Aber auch Marion konnte ihn mit einer Härte und Ausdauer lieben, daß er glaubte, vergehen zu müssen.

Marion hatte es gerne, wenn er sie mit den Fingern in der Möse koste. Im normalen Zustand hatte Marion einen kleinen, engen Spalt. Es war manchmal schwer, nur einen Finger in ihn einzuführen. Eigentlich war sie erst nach einem Orgasmus so richtig weit.

Manchmal drängte es ihn, ihre enge, trockene Scheide zu stoßen, und er fand in der Enge Lust.

War er nicht Marion hörig?

War Marion nicht ihm verfallen?

Wie war er immer wieder selig, wenn er sich in den Spalt der Geliebten werfen durfte. Welches Glück wuchs hoch, wenn sie sich in lodernder Lust auf ihn warf, sie auf seiner Stange in den Himmel und die Hölle gestoßen wurde.

Es war wundervoll, Marion lieben zu dürfen. Die Vollendung seines Glücks war, daß die Geliebte sehr hübsch, sehr lüstern und immer bereit war. Wenn er nur dran dachte, wie oft und wie herrlich er sie schon gestoßen hatte, wurde er sofort so geil, daß es ihm fast kam. Wenn er daran dachte, daß selten ein Mann seine Frau so unverkrampft lieben durfte, war es um ihn, um seine Sinne fast geschehen. In mancher Nacht hatte er die Geliebte geglückter beglückt, als mancher Ehemann seine Frau im ganzen Jahr. In mancher Stunde schuf er Marion eine Lust, wie sie manche Ehefrau nie in ihrem ganzen Leben fand.

Er liebte Marion zu manchen Zeiten so, daß ihr Körper dann noch eine Stunde danach klaffte und zuckte und näßte. Wenn am nächsten Morgen ihre Scheide wieder eine keusche, herbe Linie geworden war, mußte er sie erneut beglükken.

Marion ritt ihn, bestieg ihn. Beide wußten sie, daß er seinen Dank dadurch abstattete, daß er sie innerhalb weniger Stunden auf den Boden werfen und sie ebenso lieben würde. Marion stammelte: »Wundervoll, der Mann, den ich liebe, küßt mich!« Sie stöhnte und keuchte und schrie, weil dieses Wissen ihr zusätzliche Reizmomente gab.

Er warf sich in weiteren Lustwellen in Marion. Er hatte Momente, wo es ihm nicht kommen wollte, wo er sich wie eine Liebesmaschine in das Loch der Geliebten schlug, sich an ihren Brüsten, an den Schultern festkrallte.

»Verzeih mir!« stöhnte er nach solchen brutalen Angriffen, und Marion stöhnte zurück: »Verzeih du mir!«

»Ich war ein Tier«, keuchte er, um sich in dieser Anklage reinzuwaschen, und Marion, diese herrliche Geliebte, küßte ihn und stöhnte in seine Lippen: »Nein, ich bin das Tier, du bist wundervoll. Küß mich. Ja, so ist es gut. Jetzt war ich schon das fünfte Mal bei dir.«

An diesem Abend vögelte er Marion oft. Und immer war sie noch hungrig, doch war es schon spät, beide mußten sie am nächsten Tag wieder fit sein.

Als sie im Bett lagen, quälte sie die Lust.

»Bitte, laß mich in deinen Armen schlafen«, bat Marion.

»Nein, Liebes«, wehrte er ab. »Wenn ich deine Brüste spüre, muß ich sie küssen. Wenn ich deinen Mund sehe, muß ich ihn saugen. Und dann ist es um uns geschehen.«

»Ralph, Lieber«, seufzte Marion, drehte sich um und reckte ihm ihren Po zu. Das war ihre Schlafstellung. Er lag ihr zugewandt, seine linke Hand hüllte ihre linke Brust ein. Zwischen ihre leicht gegrätschten Beine hatte er seinen linken Schenkel eingeschoben. Er suchte mit ihm ihre Scheide, und wenn sie naß und geschwollen war, sie noch leicht zuckte, war er glücklich. Seine Lippen kosten den Rücken, bissen ihn leicht.

Sie schliefen schon halb, als Marion ihn träge und schlaftrunken fragte: »Wie oft hast du mich geliebt?«

»Bestimmt elf Mal, Liebste.«

»War ich sehr toll?«

»Du warst wundervoll.«

»Habe ich dir Freude gemacht?«

Er nickte, obwohl Marion das in der Dunkelheit nicht sehen konnte.

»Schrie ich sehr?«

Wieder nickte er. »Sehr, Liebste. Manchmal glaubte ich, du stirbst.«

»Wieso?«

»Du fielst in manchem Orgasmus plötzlich zusammen, lagst ganz still da, fast meinte ich, daß du nicht mehr atmest.«

»Ich war nur still vor Glück, bin dir so dankbar.«

»Für was?«

»Für all deine Liebe. Du hast mich wundervoll geliebt. Wenn ich nur eine Möglichkeit hätte, dir meinen Dank zu beweisen.«

Er lächelte. »Ich möchte dich bald wieder einmal fotografieren. Ganz lüstern. Diese Bilder sollen jene Lust zeigen, die wir jetzt, den ganzen Abend, in uns hatten.«

»Morgen?«

Seine Antwort war, daß er ihr seinen Ralph in die Süße schob. Sofort zappelte Marion wieder, hechelte.

»Duuuu!« keuchte sie.

»Nein, Liebste«, mahnte er. »Jetzt müssen wir aber aufhören. Ich verhalte mich ganz still, drücke dich etwas an mich, und so wollen wir einschlafen.«

Marion lag einige Sekunden still. Dann schlug sie ihren Unterleib mit einem heftigen Ruck an ihn. Sie rammte ihn nur so in sich hinein, winselte, drückte ihre Lippen in das Leinen.

»Marion«, mahnte er.

Der Spalt der Geliebten war naß, klaffte, zitterte. Wieder drückte er sich an ihn, suchte seinen Kerl, löste sich und drang wieder in kleinen Wellen heran.

Schlief Marion? Spielte noch ihr Blut, spielten noch ihre Sinne mit ihm? Er war glücklich, sein Glied lag geborgen in einer Scheide, die es zärtlich umhüllte.

War er eingeschlafen? Schon lange? Oder erst seit wenigen Minuten?

Marion keuchte, schlug sich gegen ihn, zitterte, lallte: »Ralph, Ralph, ich liebe dich, Ralph, lieber Ralph, du«. Die letzten Wellen ihres Orgasmus empfand Marion wohl nicht mehr, sie war eingeschlafen, atmete glücklich.

Am nächsten Abend durfte er fotografieren. Marion war gerade dabei, ihre Bücherwand umzugruppieren. Sie hatte ein Polohemdchen und Jeans an, sägte, bohrte, arbeitete, sah allerliebst aus. Die Hose beengte sie am Bund und so öffnete sie die zwei oberen Knöpfe. Ihre Brüste schwankten unter dem dünnen Trikotstoff, das Hemdchen war hochgerutscht, zeigte den Rücken und den Nabel. Und wenn man genau hinsah, merkte man, daß die Hose über die Hüfte hinabgeglitten war und den Ansatz ihres Dreiecks frei machte.

Arme Marion. Sie mußte ihm sofort Modell stehen, kam auch nicht mehr zum Kochen. In der Küche verbruzzelte das Essen. Sie sahen und hörten nichts mehr, bestanden nur noch aus Lüsternheit, und diese dokumentierte sich in einer Reihe obszöner Fotos.

»Zieh deine Jeans aus«, bat er.

Die Geliebte bückte sich, streifte die Hose ab, und schon rief er: »Halt. Bleib so stehen!«

Das Bild war reizend. Marion stand auf einem Bein, das andere war etwas angehoben, die Hose lag am Schenkel.

Von hinten zeigte sich hübsch der Po. Der Slip war sehr gewagt. Ihn verschob er, daß man den Spalt sah, und so fotografierte er sie von vorne, von der Seite und von hinten. Dann mußte Marion eine ähnliche Pose einnehmen, nur schob er den Slip in die Pofurche und zwängte ihn in die Schamlippen. Dieses Bild wurde sehr geil. Marion mußte sich beugen und strecken. Die Brüste drückten gegen das Hemd, ergaben reizvolle Konturen. Dann streifte er das Polohemd so weit hoch, daß die Brustwarzen freilagen. Er schoß über zehn Bilder, nur mit dem Anliegen, die Brüste unter, über oder mit halbhochgestreiftem Hemd zu zeigen. Marion stieg die Leiter hoch, hatte dieses oder jenes Bein angewinkelt. Immer suchte er die Obszönität und hielt sie im Bild fest. Anscheinend hatte er Marion durch seine Lüsternheit angesteckt. Auf manchen Bildern konnte man genau erkennen, wie ihre Scheide zum Spalt und der Spalt zum geilen Geheimnis geworden war. Auf einigen Fotos trug Marion nur die Jeans und war oben nackt. Burschikos lehnte sie sich an die Leiter; sie hämmerte, bohrte und ihre Brüste wippten, waren Lockung und Versuchung. Eine Aufnahme erhielt eine bessere Note dadurch, daß sich Marion die Hose völlig aufgeknöpft hatte. Sie war darunter nackt, ohne Slip, und ihr Dreieck ergab einen künstlerischen und trotzdem geilen Effekt. Auf einem Bild stand Marion auf der Leiter, nur im Slip. Er hatte sich verschoben, und lüstern und obszön zeigte sich der Spalt. Diese Aufnahme vergrößerte er und schmückte mit ihr eine Seite des Albums.

Er machte Hosen- und Höschenbilder. Hübsch wurden auch jene Fotos, auf denen Marion einen Strumpfgürtel, den Slip und fotogene Netzstrümpfe trug. Sehr geil wurde jenes Bild, wo sich Marion auf den Boden hockte, sie sich den Slip in die Scheide gestopft hatte. Das gleiche Bild schoß er, als der Slip auf einer Schenkelseite lag und die Scheide als lüsterner Spalt sichtbar wurde. Das obszönste Bild machten sie, als sich Marion auf den Boden kniete. Er fotografierte sie von hinten. Die Strümpfe und der Gürtel gaben zu der weißen Haut einen hübschen Kontrast. Dann wollte er ein Foto machen, das zeigte, wie er der Knienden den Slip in das Loch gedrückt hatte. Doch keuchte und klagte sie plötzlich so, daß er ihren Rücken küssen mußte. Seine Hände rissen auf einmal die Brüste, melkten die Brustwarzen.

»Stütze dich an der Leiter ab!« befahl er keuchend.

Marion klammerte sich an die Bretter. Es wurde ein herrliches Bild. Ihre Kuppe zitterte, ihre Scheide klaffte, tropfte, bebte. Die Rundungen ihres Pos waren eine Symphonie der Schönheit. Er hätte den Rücken immerzu küssen und lecken können, doch die Scheide rief. Marion klagte und winselte ihre Lust schrill vor sich hin.

Auf dem Boden stand eine Tischlampe, die Marion für ihre Arbeit gebraucht hatte. Das Licht beleuchtete jedes Härchen, das die Scheide säumte, zeigte, daß der Spalt zur klaffenden, abgrundtiefen Höhle geworden war, der triefte und tropfte. Die Innenseiten der Schenkel glänzten vor Nässe.

»Ooooh«, gellte Marion, »aaaaach«, schrie sie, als er sich in ihren Spalt trieb.

Er stieß sich in die Geliebte, und sie sang das Lied der Liebe. »Aaaach, ooooh«, dann kam das »Jaaaaa«. Marion keuchte, gurgelte, fand keinen Atem mehr und konnte nur noch röhren »chchchchch«, und fast sterbend seufzte sie »mh, mh, mh, mh«.

Marion sang ihr Lied, sprach ihre Ursprache.

Die Fenster waren offen. Hörte man ihr Seufzen und Rufen nicht weithin?

Vernahm man nicht auch seine Stimme, wenn er schrie: »Ich liebe dich noch einmal!« und in gleicher Ekstatik rief Marion zurück: »Ja, Liebster, küß mich, küß miiiich.«

Hörte man nicht auch das Aufklatschen ihrer Leiber?

Dann fiel die Leiter um. Sie machten es sich auf dem Boden weiter. Er nahm Marion so wild, daß ihre Fersen auf den Boden trampelten und stampften. Sie warf ihm ihren Schoß so entgegen, daß er, wenn er sich in ihn stieß, auf dem Teppich dunkel aufklatschte.

Sie waren geil, betrunken von Gier.

Sie versanken, ertranken fast in ihrer Liebe.

An einem Mundwinkel Marions hatte sich eine Speichelbahn gebildet. Er leckte sie ab, schloß ihre Lippen mit zarten Küssen.

In der Nacht, im Bett, wühlten sie sich noch einmal ineinander, verkrallten sich, liebten sich wie toll. Sie waren Urmenschen.

»Küß mich«, bettelte Marion mit schwerer Stimme.

»Ja, ich stoße dich«, antwortete er.

»Küß mich, fülle mich, laß mich in deinem Saft ertrinken«, stammelte sie.

Er keuchte: »Es kommt mir.« Und Marion erhob sich, warf sich ihm entgegen, jauchzte, lallte, stöhnte.

Er schleuderte sich in sie. »Ja, küß mich«, bettelte sie.

Es kam ihm, und in einem letzten Anlauf stieß er sie abschiednehmend zusammen. Marion verbiß sich im Kopfkissen, wimmerte, klagte. Minutenlang war sie bewußtlos. Er war sehr glücklich, legte die Geliebte auf den Rücken und barg seinen Kopf an ihrem Schoß. An seinen Wangen lagen nasse Schamlippen, lag ein heißer Spalt, und so schlief er ein.

Sie waren jetzt schon im zweiten Jahr ihrer Liebe und entdeckten immer wieder neue Reize und neue Lust. Marion schien z. B. im Mund besondere Lustnerven zu haben. Wenn er nur etwas zu erregt sein Teil in ihre Lippen stieß, kam es ihr sofort. Er konnte mit dem Eindringen genau den Rhythmus und die Dauer ihrer Ekstasen bestimmen. Die Geliebte war jetzt so weich, daß es ihr schon fast beim ersten Einstoßen in den Mund kam. Ja, manchesmal war Marion so bereit, daß sie schon zum Orgasmus fand, wenn sich sein Schwanz nur ihren Lippen näherte.

Wenn Marion mit dem Mund seinen Ralph suchte, hatte sie es gerne, wenn er unter ihr lag, sie über ihm knien konnte. Sie nahm ihn dann, bestimmte den Ablauf. Er wußte, daß es ihr dabei schnell, zu schnell kam. Doch dieses Spiel gehörte der Geliebten. Er hatte ja auch seine Spiele.

Wenn Marion ihn so küßte, geriet sie oft in eine solche Ekstase, daß es ihm fast nicht mehr möglich war, ihren Spalt an seine Lippen zu ziehen und zu lecken. Wohl tropfte dieser, wenn es Marion kam, doch hatte er Mühe, ihn wieder trokken zu saugen, denn der auf ihm zitternde Körper tanzte so geil und besessen, daß er kaum zu fassen war. Wenn die Geliebte es ihm so machte, hatte er es eigentlich gerne, wenn ihm ihr Spalt ganz nahe war. Er mußte ihn, wenn es ihm kam, kosen und befühlen können. Je höher der Reiz war, den er erhielt, um so mehr Finger mußte er ihr in den Spalt, in das brünstig zitternde Loch schlagen. Oft legte er dann drei Finger hoch und machte es ihr so. Die Geliebte brach vor Lust fast zusammen. Suchte sie dann wieder seinen

Schwanz und saugte ihn in sich hinein, leckte und koste er und riß ihr, als es ihm kam, die Scheide mit drei quergelegten Fingern auf. Er wußte, daß es ihr dann sofort kam, und er wußte auch, daß der Reiz, den er gegeben hatte, halb Lust geworden war und nachklang und durch neuen Lustreiz gelindert werden mußte. Er hätte mit den quergelegten Fingern die Geliebte wohl immerzu lieben dürfen.

Über ihm lag die tropfende Möse. Diese stieß er beglückt und die zuckenden Schamlippen warfen sich oft so auf ihn, daß er glaubte, keine Luft mehr zu finden. Seine Finger stießen und kosten, stachen und kneteten.

Er überlegte. War es nicht vor wenigen Tagen? Marion hatte sich so über sein Gesicht gekniet und wurde vor Geilheit hin und her geworfen. Ihre Lippen klafften, zitterten, näßten. Die Geliebte wand sich in Lustkrämpfen, schrie, keuchte, stöhnte, bettelte. Mehrmals brach ihr Schoß auf ihn. Ihr nasser Spalt lag auf seinem Gesicht und rutschte hin und her. Und damals, da war er wieder einmal wild geworden.

Marion hockte über seinen Gesicht. Sie hatte schon einige Orgasmen gefunden, und er hatte es ihr am Schluß, weil sie so klagte und bat, mit vier Fingern gemacht. Ihre Scheide war so nahe, lechzte, gierte und wartete. Wartete auf was? Und da kam es über ihn. Er warf die Geliebte auf den Rükken, riß ihr die Schenkel hoch.

Wußte Marion, ahnte sie es, was er ihr jetzt tun wollte? Sie sah ihn gierig an. Die Schenkel hatte sie an die Brüste gezogen, und unten klaffte der riesige, lüsterne Spalt. Er war Tier, hatte zum Glück noch die unterbewußte Vernunft, seine Hand von allen Seiten an den nassen Schamlippen zu nässen.

Marion starrte ihn mit irren Augen an, warf ihm schon wieder wie trunken ihren Schoß entgegen, und da, da mußte er es ihr so machen. Er wölbte alle Finger zusammen, führte sie zärtlich in die Scheide ein.

Die Antwort der Geliebten war, daß sie »Ich danke dir dafür!« flüsterte.

Sie sprachen nie mehr darüber. Es blieb eines ihrer vielen Geheimnisse. Sie hatten einige solcher Erinnerungen. Nur einmal kam Marion andeutungsweise darauf zurück. Er küßte innigst ihre Augen und Schläfen, und da sah sie ihn ernst an. »Ralph, du darfst mich nie mehr verlassen. Ich schwöre dir, an dem Tag, in der Stunde, wo du gehen würdest, beende ich mein Leben.«

Ebenso ernst und feierlich antwortete er: »Liebste, ich kann dir aus tiefstem Herzen versprechen, ich kann es beschwören, daß ich immer bei dir bleibe. Ich liebe dich tief und fest. Ich liebe jede Pore deines Leibes. Ich liebe deine Augen und deine Lippen. Ich liebe«, er stockte und sprach dann bewußt weiter, »deinen Schoß, deine Lippen, deine Lust und deine Brüste.«

Je länger sie zusammen waren, um so kindischer schienen sie zu werden. Sie erfanden immer neue Spiele, gingen wie Kinder Hand in Hand in das Land der Mysterien. Sie stellten sich Aufgaben. Einmal mußte der eine das tun, was der andere befahl, dann befahl die Spielregel wieder, daß keiner sprechen oder sich bewegen durfte.

Marion erfand ihre Spiele, er seine.

Er war an der Reihe. Die Geliebte mußte sich auf den Tisch legen.

»Darf ich sprechen?« fragte sie zärtlich.

Er nickte.

Er holte aus der Aktenmappe einen Pinsel, Die Haare waren lang und zart, der Kamm etwa drei Zentimeter breit. Und mit diesem haarigen, borstenähnlichen Instrument kitzelte er sie. Schon nach wenigen Strichen öffnete sich die Lust. Nun strich er über den Spalt, der Länge nach, auf und ab. Dann streichelte er die linke, dann die rechte Hälfte. Marion keuchte und stöhnte.

Mit fast grausamer Stetigkeit bearbeitete er nun nur noch die Perle. Der Reiz mußte sehr groß sein.

Marion schrie ihre Lust hinaus, spreizte die Beine fast unnatürlich. Und er führte den Pinsel auf und ab, vergaß nicht, in einem gewissen Rhythmus immer wieder die Perle zu streichen. Marion gellte: »Ach, ach, ach«, röchelte dann: »Ha hahaa«. Ihre Hände verkrallten sich in ihre Brüste, rissen sie, ihr Schoß bebte, bäumte sich, doch seine Hand fand ihn immer wieder und strich weiterhin eindringlich mit dem Pinsel über den tobenden Spalt.

Schrill keuchte die Geliebte. Ihre Hände verkrampften sich in den Brüsten, zogen die Brustwarzen lang. Marion schrie: »Ja, jahh! . . .«

Riesige Lust wuchs in ihm hoch. Am liebsten hätte er sich jetzt in diesen süßen, wartenden Spalt geworfen, doch er wollte sein Spiel auskosten. Die Geliebte warf sich hin und her. Er drückte ihre Schenkel auf die Tischplatte, spreizte sie, legte sich mit dem Oberkörper und einem Ellenbogen auf den bäumenden Leib und strich wie eine seelenlose Maschine seinen Pinsel durch den abgründigen Spalt. Da, wo der Po auf dem Tisch auflag, hatte sich eine kleine Pfütze gebildet.

Marion fiel von Orgasmus zu Orgasmus. Wieder streichelte sie an ihren Brustwarzen, als wolle sie diese zerstören.

Ihre Lippen zuckten, lallten, begannen suchend Worte zu formen, und dann bettelte sie: »Ralph, Ralph . . .«

»Ich komme jetzt zu dir«, keuchte er. Es kam ihm sofort. Er war erst etwa die Hälfte eingedrungen, als es schon spritzte. In ihm war eine solche Lüsternheit, daß er eine große Samenwoge ausgestoßen haben mußte, denn es lief anschließend Marion nur so aus der Möse.

»Liebste«, seufzte er und lag erschöpft zwischen ihren Schenkeln.

»Liebster«, keuchte Marion zurück. »Ich liebe dich ja so sehr.«

Lange küßte er ihre geschwollenen Schamlippen und leckte sie.

Ein Spiel trieben sie mehrere Monate. Sie nannten es »Liebes-Olympiade«. Einer setzte einen Preis aus, der andere mußte ihn erringen.

»Lege dich auf den Boden!« befahl Marion.

Er legte sich auf den Rücken und sah erwartungsvoll auf die Geliebte.

Sie hockte sich über ihn, ihm den Rücken zugewandt. Er hatte diese Stellung nicht besonders gerne, weil es ihm da oft zu schnell kam. Der ihn reitende, wippende Po ergab Bilder, die ihn sehr aufgeilten.

»Was ist der Preis?« fragte er.

Marion lächelte zurück und stieß ihn dabei: »Ich erfülle dir heute einen schönen Wunsch.«

»Welchen?«

»Du wirst es schon sehen und sehr zufrieden sein.«

»Und was ist meine Aufgabe?«

»Ich möchte jetzt, auf deiner Stange, drei schöne Orgasmen haben.«

Schon tanzte der Po Marions, wirkte wie von einem Motor angetrieben. Manchmal verhielt er. Er sah dann den lüsternen Spalt, die wippenden Brüste. Manchmal hing sein Glied frei in der Luft, und dann rammte sich wieder dieser herrliche Spalt abwärts und schlug seine geile Lust in sich.

Es war schwer, bei dieser lustvollen Ekstase ohne Orgasmus zu bleiben. Wieder fiel Marion hart und schwer auf ihn. Er war froh, als ihr Leib sich in der ersten Wollust zu winden begann. Im Geist zählte er, sagte Gedichte auf, fragte sich die Daten wichtiger Ereignisse ab.

Und wieder tanzte der Po Marions auf ihm. Er hob seinen Schoß etwas an, und Marion schrie sofort in Lust und winselte ihren zweiten Orgasmus vor sich hin.

Ob er es noch einmal schaffte? Er bezweifelte es, denn alles in ihm drängte nach dem Saftausstoß.

Die Scheide der Geliebten hob sich wieder, rammte sich herab. Auf, ab, auf, ab. Da blieb seine Eichel an einer Mösenlippe hängen, verfing sich. Marion schien dieser Reiz Lust zu bringen, denn sie kreiste nun etwas mit ihrem Gesäß und ließ sich dann wieder heftig auf ihn klatschen. Erneut blieb sein Schwanz hängen. Doch der Orgasmus schien in Marion hochzuschwellen. Sie stieß, hing, stieß. Bewußt schuf er Lust, bohrte und dann hatte sein Pint wieder eine Bahn gefunden.

»Ja, jaaa«, schrie Marion, und ihr Körper tobte. Sie rammelte sich auf sein Glied, als wolle sie von ihm neue, unbekannte Wollust empfangen.

Es kam ihm. Marion nahm ihn zutiefst auf.

»Liebster«, sagte sie fast flüsternd, »du warst herrlich. Ich danke dir.«

Als sie sich für die Nacht bereit machten, küßte ihn Marion und sagte sehr entschieden: »Du kriegst noch deinen Preis.«

»Den bekam ich doch schon: dich. Du hast dich mir wundervoll gegeben.«

»Hol deinen Fotoapparat«, befahl sie.

»Warum?«

»Hole ihn«, sagte sie entschieden.

Als er zurückkam, bat sie, die Scheinwerfer aufzustellen. Er stellte sie auf.

»Und jetzt?«

Sie begannen ein neues Spiel. Es wird sich vielleicht über viele Jahre erstrecken.

»Fotografiere meine Lust, wie du es willst, Liebster. Du darfst mit mir tun, was dir Lust macht. Laß dir Zeit, küsse sie, errege sie, wenn sie naß und offen sein soll.«

Er stockte. Marion kannte ihn aber. Sie setzte sich in einem reizenden Minikleid in den Sessel, leger ein Bein über die Armlehne. Ihr Spalt war eine zärtliche Linie. Es wurde ein hübsches Bild.

Dann küßte er die Klitoris, die Scheide begann zu klaffen, Marion hatte beide Schenkel angezogen, hielt sie etwas gespreizt. Auch dieses Bild wurde sehr lüstern. Er machte Nahaufnahmen von süßen zärtlichen Lippen. Dann beugte sich Marion über die Lehne des Sessels oder kniete sich auf den Boden, die Hände aufgestützt. Ihre Schenkel schlossen und öffneten sich, ihr Körper wand sich auf dem Boden nach links und nach rechts, sie zog den einen, dann den anderen Schenkel an, und in immer neuen Variationen fotografierte er ihre Grotte. Eine Nahaufnahme zeigt genau, wie ihr Spalt geöffnet ist und tropft. Marion machte es sich selbst, wand sich in Lust, und er fotografierte jede Phase der Ekstatik.

Sie waren geil.

»Was für eine Stellung willst du jetzt, Liebster?« fragte Marion lüstern.

»Lege dich auf den Tisch, ziehe dir die Lippen auseinander. Ich möchte in dein Geheimnis hineinfotografieren.

Prickel stiegen hoch, als Marion die Beine hochzog und sich die Scheide auseinanderzog.

»Richtig so?« fragte sie. Er nickte und sah beglückt, daß sich bei dieser Frage ihre Lippen sinnlich verzogen hatten.

»Kannst du sie noch weiter spreizen?« fragte er, »ich möchte noch einmal eine Aufnahme von deinem Spalt machen.«

Immer wieder suchte er neue Motive. Monate hindurch fotografierte er den Spalt der Geliebten in allen Phasen. Er wußte es, daß ihn diese Fotografiererei noch viele Jahre begleiten würde.

Er lächelte und küßte die Geliebte auf die Brust. »Wenn wir so weitermachen, Liebes, können wir bald einen Bücherschrank nur mit solchen Alben füllen.«

Marion sah ihn als Antwort eigenartig und nachdenklich an.

»Stimmt es vielleicht nicht?« fragte er schmunzelnd.

Die Antwort war echt Marion. Sie hockte sich auf seinen Schoß, führte sich seinen Kerl ein, ritt ihn ohne Begehren, nur im Spiel, küßte ihn dabei jedoch zärtlichst.

Marion bot ihm die Brüste an. Sie stieß ihn, lüstern werdend. Er war durch die Fotografiererei weich geworden, es kam ihm.

Hatte Marion das gefühlt? Es war auch ihr gekommen. Sie tranken sich in glücklichen Wellen satt.

»Wieviel Bilder haben wir schon«, fragte sie, sich eng an ihn drückend, die uns beim Menscheln zeigen?«

Er überlegte. »Vielleicht zwanzig, dreißig.«

Marion rieb ihre Brustwarzen an seiner Haut von links nach rechts, von rechts nach links. Sie wurden sofort harte Entenschnäbel. Dann küßte sie ihn. »Bestimmt werden wir einmal«, einige Küsse sollten Bestätigung geben, »viele Alben haben, die zeigen, wie wir uns in Glück und Lust und Gier ineinander verkrallen.«

Nun küßte er die Geliebte und lutschte etwas ihre Brüste.

»Ich freue mich auf diese Alben der Liebe«, sagte Marion entschieden.

Was konnte er antworten? Daß er sich noch mehr freute, sie nicht nur lieben, sondern auch obszön fotografieren zu können?

Ihm verblieb nur, in diese Lippen zu seufzen, daß er sie sehr liebe. Es ergab sich fast von selbst, daß ihn Marion noch einmal ritt. Und da es ihm jetzt spät kam, fand sie auf seiner Stange drei Orgasmen. Sie schrie vor Lust, sie gellte in Qual, weil er sich so in sie stieß. Und wenn es nicht schon so spät gewesen wäre, hätten sie in dieser Nacht noch weitere Fotos gemacht.

Er war fünf Tage abwesend. Als er wieder bei Marion war, tat ihm jeder Muskel weh, die achthundert Kilometer Autofahrt lagen ihm sehr in den Gliedern.

Sie gingen schlafen. Marion streifte sich im Schlafzimmer nachdenklich das Kleid ab, besah sich im Spiegel, prüfte ihre Brüste und ihre Hüften. Er hatte nur halb hingesehen. Dann legte sich die Geliebte an seine Seite. Im Halbschlaf spürte er, wie sie ihre Schlafstellung suchte, ihm ihren Po zustreckte und sich dann in das kühle Leinen kuschelte.

Er war glücklich. Seine rechte Hand kroch zu ihr, legte sich zwischen ihre Schenkel. Sekunden später hatten sich diese etwas gegrätscht, und er konnte die ganze Handfläche auf ihr Dreieck legen. So schliefen sie ein.

Ein Amsel weckte ihn mit ihrem fröhlichen Gezwitscher. Er hatte gut geschlafen, sah, daß es schon Tag wurde. Marion atmete noch tief und fest.

Eine ferne Kirche schlug die volle Stunde. Wieder suchte seine Hand die Möse Marions. Leise, vorsichtig begann er sein Spiel. Die Finger legten sich so, daß sie nicht die Schenkel berührten und damit die Geliebte aufweckten.

Marion schlief, lächelte glücklich vor sich hin.

Er legte den Mittelfinger der linken Hand zart auf ihre Klitoris, ließ ihn dort minutenlang liegen. Dann zog er ihn ganz vorsichtig abwärts, auf die Möse, öffnete mit einem leichten Druck die Schamlippen. Er freute sich, als sie naß wurden, sie sich immer mehr spalteten. Er war voller Zärtlichkeit und öffnete in millimeterkleinsten Bewegungen den Spalt und suchte die inneren Schamlippen. Sie öffneten sich, Feuchtigkeit näßte die Scheidenwände. Immer lauschte er aber nach dem Atem der Schlafenden. Wurde er kurz und flattrig, nahm er sofort den Finger weg, und wenn er wieder ruhig und gleichmäßig klang, drückte er erneut die Fingerkuppe in das nasse Loch.

Er ließ sich Zeit. Manchmal ruhte der Finger, dann koste er wieder den Spalt und versuchte ihn noch mehr zu öffnen. Das Spiel schenkte ihm einigen Prickel. Sein Atem ging bereits kurz. Er mußte sich bemühen, ihn so zu beherrschen, daß Marion davon nicht wach wurde.

Nun legte er sich ganz nahe an die Geliebte, ohne sie jedoch zu berühren. Halb stürzte er sich auf die rechte Schulter. Die linke Hand hing über der Scheide und spielte in ihr. Er drängte nicht, berührte sonst keinen Körperteil. Oft ließ er den Finger ruhen, und dann kreiste wieder einige Male die Fingerkuppe. Weitere Nässe kam auf, doch je tiefer er vorstieß, um so erregter wurde Marion, und ihr Atem ging hechelnd. Wieder verharrte er, wartete, bis die Geliebte wieder fest schlief.

Die Möse klaffte nun weit. Er konnte den Finger bis zum Anschlag einführen. Plötzlich zuckte Marion zusammen, keuchte.

Das zitternde, klaffende Loch machte ihm Freude. Er brauchte den Finger nicht mehr herauszuziehen. Zärtlich und trotzdem sehr wissend, schuf er einen Orgasmus. Es war ein langes Spiel, ein schönes Spiel, voll Reiz und Prickel.

Bestimmt glaubte Marion zu träumen. Die vielfältigsten Reize schienen ihren Körper zu durchzucken. Und er verschaffte der Geliebten die Befriedigung im Traum und war darüber sehr glücklich.

Zärtlich koste er die äußeren und inneren Lippen, suchte die Perle, reizte sie und glitt über jede Pore und Reizstelle in der Grotte.

Marion seufzte, als müsse sie ersticken, als quäle sie ein Schmerz. Auch diese Laute registrierte er zufrieden. Immer mehr zuckte die Möse, immer heftiger wand sich die Schlafende, immer öfter warf sich ihm ihr Unterleib entgegen. In ihm wuchsen solche süßen Prickel hoch. Wäre sie ganz wach gewesen, hätte er sich selbst zwischen ihre zuckenden Schenkel geworfen. Doch so hatte er den einen Wunsch, einen Orgasmus zu schenken, ohne daß sie aufwachte. Sein Finger arbeitete wohl mit einiger Sinnesfreude, aber auch mit fast wissenschaftlicher Überlegung.

War es jetzt soweit?

Aus den geöffneten Lippen der Schlafenden kamen, zwischen tiefen Atemzügen, regelmäßige Keuchlaute, und ihr Stöhnen hatte den Rhythmus, mit dem er ihr Loch an den Reizstellen koste.

»Ah, ah, ah«, flüsterte Marion im Traum.

Er war glücklich, ließ wieder den Finger kreisen. Das Flüstern wurde zum Lallen. »H, mh, mg, ach«, stammelte Marion.

Er mußte vorsichtig sein. Ganz langsam zog er den Finger heraus, wartete und legte ihn dann auf die Perle. Nach einigen Minuten umkreiste er mit der Fingerkuppe erneut den Spalt und stopfte zärtlich das Loch, hinein bis zum Urgrund.

Marion keuchte. Sie gurgelte Wortfetzen vor sich hin, zog ihre Schenkel an, drehte sich auf den Bauch und murmelte unverständliche Laute in das Kissen.

Er wartete, hatte seine Hand zurückgezogen. Marion war sofort wieder eingeschlafen. Langsam und sehr vorsichtig hob er seine Hand unter der Decke da hin, wo der Po der Geliebten sein mußte. Er fühlte, wo und wie die Schenkel lagen. Sie waren leicht geöffnet. Die Lust hatte den Spalt nach rückwärts gedrängt. Er fand ihn, spürte, daß er klaffte und sehr naß war. Seine Fingerkuppe berührte die Nässe, wartete.

Wieder schob er sehr langsam seinen Finger ein. Er hatte es jetzt leicht. Der Traum, der die Geliebte quälte, half ihm, denn nach einem kurzen Aufkeuchen spreizten sich ihre Schenkel weit, die Süße drängte sich ihm entgegen, wuchs fast ruckartig über den wartenden Finger.

Der gefährliche Punkt kam. Er mußte sich sehr beherrschen und nun so vorgehen, daß Marion nicht aufwachte.

Wieder stöhnte die Schlafende, und ihr Körper zuckte. Er stellte sich sofort schlafend, ließ jedoch seinen Finger in der Scheide, er hatte nicht mehr die Kraft, ihn vom Loch zu lösen.

Lange lag er so. Wohl schlief Marion wieder, doch begann sie sich immer öfter aufzubäumen. Einmal suchte ihn ihre Kleine, ihr ganzer Körper, dann warf sich die Geliebte wieder weg, und er streichelte voll Zartheit den Finger in ihren Spalt.

Marion glaubte zu träumen, denn es gab Phasen, wo sie ruhig atmete, die Beine schloß; doch konnte ihr Körper Sekunden darauf schon wieder ekstatisch zucken und sich krampfhaft winden. Die Geliebte begann immer bewußter die Reizwellen zu spüren. Eine neue Verkrampfung wuchs hoch, warf Marion auf den Rücken.

Er mußte warten, bis er seinen Finger wieder einführen konnte. Sein Spiel begann von vorne. Neue Reize zwangen die Geliebte in ihren Bann, und jetzt machte er es ihr. Zärtlich, vorsichtig, aber sehr bewußt.

Die Scheide war bald geweitet, sein Finger hing in dem glitschigen Spalt und begann ihn zu weiten.

»Ach, aaaach«, schrie Marion. Er wartete. Dann koste er wieder dieses süße Geheimnis, drückte und kreiste. Und plötzlich durchzuckten heftige Schauer die Geliebte. Es kam ihr. Er hatte sofort den Finger herausgezogen und stellte sich schlafend. Marion wälzte sich hin und her. Er fühlte, wie sich ihre linke Hand an ihrem Schoß verkrampfte und daß sie wieder eingeschlafen war.

Marion lag auf dem Rücken. Die Decke war etwas herabgestreift, die Beine waren gegrätscht.

Marion schlief noch über eine Stunde. Als sie wach war, schäkerte er und fragte, ob sie sehr schlecht geschlafen habe, denn er sei wach geworden, weil sie sich so hin- und hergeworfen habe.

»Ich habe geträumt, irgendetwas hat mich gequält«, antwortete sie gedankenverloren.

»Gutes oder Schlechtes?«

»Ich weiß es nicht, es muß etwas Erotisches gewesen sein, denn eine starke Sinnlichkeit riß mich immer wieder aus dem Schlaf. Ich war dir ganz nahe, du warst sehr in mir.«

Marion schlüpfte zu ihm, legte ihren Kopf an seine Brust und träumte mit wachen Augen weiter. Er küßte sie auf den Kopf, leckte ihre Wangen, küßte und biß sie zärtlich.

»Hoffentlich war es ich, Liebste«, flüsterte er froh, »der dir deine Sinne durcheinandergebracht hat.«

Während sie sich kosten und zärtlich streichelten, fragte Marion: »Du, Ralph, welche Liebesstellung ist dir eigentlich am liebsten?«

Er überlegte und zupfte gedankenverloren ihre linke Brustwarze, denn beide Brüste lagen zärtlich nahe.

»Damals im Park, als wir es im Stehen machten, sagtest du, daß du schrecklich viel Freude gehabt hättest, weil die Mösenwände durch deine Schenkel zusammengedrückt worden waren. Ich habe dir seitdem manchen solchen Trip gemacht. Es gefällt mir aber auch, wenn du mit den Brüsten auf der Tischplatte liegst oder dich mit dem Rücken auf sie legst. Wenn du eine Bauchlage hast, kann ich dich ganz tief nehmen. Ich habe es dann leicht, brauche mich nur in deinen nassen Spalt zu stoßen. Schön ist es aber auch, wenn du auf dem Rücken liegst und die Beine anziehst, denn dann sehe ich dich. Deine Augen, dein Mund zeigen mir deine Lust. Ich kann deine Brüste beobachten, kann sie küssen. Ja, ich habe es gerne, wenn ich sehe, wie es dir kommt.«

»Komm, Ralph!« rief Marion. Sprang aus dem Bett, zog ihn in die Küche. »Komm!« ihre Stimme war voll Lust, sei legte sich mit den Brüsten auf den Tisch, spreizte die Schenkel und sah lüstern rückwärts.

Er war glücklich. Die Pobacken bildeten reizende Kuppen, die Schenkel waren bereits eine weitere Todsünde, und dazwischen lag, von zärtlichen Härchen gesäumt, eine Linie, eine Falte, ein Geheimnis, das ihn immer wieder bezwang. Marion warf sich ihm entgegen, beugte sich noch mehr, suchte mit ihrer Lust seinen Ralph und bog sich in den ersten Krämpfen.

Er stieß.

»Ja, jetzt«, schrie sie, versuchte sich aufzurichten, sich ihm noch mehr anzubieten, doch er stieß sich nun so in sie, daß sie sofort wieder zusammensackte.

»Ja, jaaa«, flüsterte die Geliebte trunken.

Es kam auch ihm, und noch einmal wirbelte er die Geliebte in einen Orkan der Lust.

Oft meinte er, daß ihre Brüste ebenso Verführung waren wie ihr Schoß. Wenn sie über ihm tanzten, wippten, mußte er sie küssen. Küßte er sie, wuchs ihm die Brustwarze so toll in den Mund, daß er die Geliebte wild stoßen mußte. Stieß er Marion, suchte ihn die zweite Brustwarze, wollte gleiche Lust erleben. Wieder mußte er sich in den Schoß der Geliebten vergraben. Fanden sie den Orgasmus, suchten ihn verzerrte Lippen, küßten ihn, daß er sofort wieder geil wurde und sich im Loch der Geliebten verstricken mußte. Und hatten sie sich gefunden und gehörten sie wieder dem Leben, war es ein Akt der Zärtlichkeit, dem anderen zu danken. Worte flatterten, Augen blickten zärtlich, im Mundwinkel hing noch der Speichel. Er mußte ihn ablecken. Es war doch ihr Speichel. Eine Zunge dankte, koste. Und auf einmal tanzte die Geliebte schon wieder auf ihm, oder er mußte ihr die Schenkel hochreißen und sich in das sehnsüchtige Loch hineinstoßen.

Es gab eine Zeit, wo sie sich ihre Lust fast immer in der gleichen Weise machten.

Kam er nach Hause, warf er Marion grundsätzlich auf den Tisch und machte es ihr von hinten. Erst dann hatten sie die Muße, sich vernünftig zu begrüßen. Den zweiten Trip mußte er der Geliebten auch auf dem Tisch machen, nur lag sie nun mit dem Rücken darauf. Sie sollte dabei wohl ihr Kleid anhaben, darunter jedoch nur den Strumpfgürtel und die Netzstrümpfe tragen. Es gab ihm einigen Reiz, ihr das Kleid hochstreifen zu müssen, um ihre Brüste zu sehen. Später, am Abend, ritt ihn Marion auf der Couch. Hier wurde ihre Liebe oft zu einem Anfang ohne Ende. Sie liebten sich jetzt bereits wie besessen. Das Kleid hatte er abgestreift und sah beglückt, wie die Brüste über ihm wie trunken wippten.

Je nach seinen Küssen konnte die eine Brustwarze klein und rosig aussehen, während die andere groß und lüstern wirkte. Nach der dritten Aktion ertranken sie fast in ihrer Lust. Sie wurde zur schmerzvollen Erfüllung, machte Marion irgendwie betrunken, schuf nach der Sättigung bereits wieder neuen Durst.

Sie tranken sich leer, saugten jeden Tropfen auf und blieben gar manche Stunde ineinander verkrallt liegen. Sie wirkten wie hingeworfen; jeder hatte seine Zähne in einem Körperteil des geliebten anderen vergraben, die Lippen kosten, leckten und lutschten.

Wenn er freitags kam, trug sie die kürzesten Kleider und Röcke. Daß sie darunter nackt war, war bereits Selbstverständlichkeit. Machte er nur die geringste Andeutung, daß er es an diesem Tag hübscher fände, wenn sie ihre Hausarbeit nackt, oder nur mit Strumpfgürtel, Strümpfen und hochhackigen Schuhen bekleidet, verrichten würde, zog sie sich in Sekundenschnelle so an.

Es kamen Phasen, wo Marion sein Diener sein wollte. Sie kniete sich neben ihn.

»Ralph«, bettelte sie, »befiehl mir, daß ich mich völlig bewegungslos neben dich kauere. Oder soll ich mich hinknien, die Hände nach vorne aufstützen? Wie hättest du es gerne?«

Doch wußte sie auch, daß ihre Wünsche in Grenzen bleiben mußten.

Marion war immer zu allem bereit.

Sie standen in einer Phase, wo sie sich um die eigenartigsten Lusterfüllungen baten. Er erfüllte die Wünsche der Geliebten, und Marion ging restlos auf seine ein. In ihnen wuchsen immer neue Lüste empor.

Er bat Marion, sich so in den Sessel zu setzen, daß sie je einen Schenkel über eine Armstütze legte. Die Geliebte saß nicht gerade bequem, doch hockte sie ergeben so vor ihm, und er hatte einigen Prickel, als sich zwischen den stark gegrätschten Beinen die Scheide zeigte und sie durch den Zug der Schenkel schnell auseinanderklaffte.

Sein Spiel war es dann, Liebe zu signalisieren, Zärtlichkeit zu senden. Er berührte die Geliebte nur mit Worten, und schon wurde ihr Spalt naß und begann zu klaffen.

An einem Abend bat er Marion, sich auf den Tisch zu setzen. »Zieh die Beine fest an die Brust!«

Marion zog die Knie so an, daß sie fast das Kinn berührten. »Schließe die Knie.«

Sie schlossen sich. Er fotografierte. Man sah nur Beine. Dahinter konnte man nicht viel erkennen, doch unten, am Ansatz, zeigte sich ein herrlicher Po, und dazwischen klaffte lüstern der Grotteneingang. Aus der Aufnahme machte er später eine Ausschnittvergrößerung, und sie bekam eine Extraseite.

Er war über zehn Tage abwesend gewesen, war in Holland. Als er wieder bei Marion war, sich erfrischt hatte, merkte er erst, daß sie sehr blaß war.

»Liebste, ist dir nicht gut?« fragte er erschrocken.

»Nein«, wehrte Marion lächelnd ab. »Ich war, ich bin nur krank vor Sehnsucht. Beinahe wäre ich dir untreu geworden, hätte dich betrogen.«

Er erschrak. »Du könntest mich betrügen?«

»Liebster, aber nicht so, wie du glaubst.«

»Beichte.«

»Ich hätte«, Marion stockte, »mich beinahe selbst befriedigt. Ich hatte schon neben mich einen Gegenstand gelegt. Doch dann schämte ich mich.«

Die Lippen der Geliebten suchten ihn.

»Warum tatest du es dir dann nicht?«

»Weil ich dich liebe, weil es Verrat gewesen wäre, weil ich mich damit selbst betrügen würde. Ich habe nur dir zu gehören. Nur dir!«

Er koste und küßte sie, war ergriffen.

»Du!«

»Ja«, antwortete er.

»Hol dein Tonbandgerät, ich möchte von uns wieder einmal eine Aufnahme machen.«

»Brauchen wir ein Drehbuch?« fragte er und saugte dankbar die Brustwarzen der Geliebten.

»Wie machen wir es uns? Pervers?«

Er nickte. »Zeige du aber alles, was du empfindest, denkst, tust und wünschst!«

»Ja. Was könnte ich sonst noch tun, um dir besondere Lust zu verschaffen?«

Er überlegte.

»Das Tonband nimmt nur Töne auf, zeigt nicht, was geschieht. Du mußt also deine Orgasmen akustisch kundtun. auch deine Körperhaltung, auch wenn du mich empfängst. Zeige auch die Lust, wirf all dein Denken in Worte und Töne. Keuchen und Schreien, Stöhnen und Seufzen muß die Begleitmusik sein.«

»Weißt du nicht etwas, was mich besonders aufwühlt, besonders reizt, damit ich richtig geil bin?«

Er nickte, lächelte zärtlich.

»Zeige mir auch«, flüsterte sie, »wann ich mich besonders beweisen muß.«

Er biß ihre Brustwarzen, zog sie lang.

Ein Schleier legte sich über sie. Marion wartete, sah ihn zärtlich an.

Er drückte auf den Knopf des Tonbandes.

»Marion, komm!« seufzte er.

»Warum?« antwortete sie.

»Ich liebe dich!«

»Warum streifst du mir dann das Kleid hoch?«

»Du hast entzückende Brüste.«

»Ist das Liebe?«

»Ja!«

»Nein«, schrie Marion. »Das darfst du nicht!«

Er riß ihr den Slip ab.

»Nein, laß mich in Ruhe«, wehrte sie sich.

»Wenn du weiter so schreist, kitzle ich dich«, keuchte er. »Darf ich dir das Kleid ausziehen?«

»Nein«, keuchte Marion erregt.

Sie stritten sich, er riß das Kleid ab.

Es folgten Minuten, in denen er versuchte, die Geliebte zu küssen, doch wehrte sie sich sehr. Dann hörte man Keuchen, und Marion schrie: »Laß meinen Büstenhalter. Du bist gemein.«

»Du hast hübsche Brüste«, lobte er. Marion atmete erregt, schimpfte, wehrte ihn ab.

Er spreizte die Schenkel. Marion wehrte sich. Er warf die Geliebte auf den Tisch, sie wehrte sich. Er warf sie auf den Bauch und stöhnte: »Jetzt liebe ich dich!«

Marion gellte: »Nein, nein . . .«

»Ich mache dir ein Kind, wenn du deine Schenkel nicht spreizt!«

»Nein, nein, bitte nicht.«

Geräusche wuchsen hoch, Schreie, abwehrende Worte.

»Spürst du, wie ich dich liebe?« rief er stolz.

»Nein«, antwortete es, doch tiefes Keuchen gab eine andere Antwort.

»Ich liebe dich!« stöhnte er.

»Das glaube ich nicht, dann tätest du das nicht mit mir.«

Wieder Keuchen, heftiges Atmen, Rufe, Worte.

Marion wehrte sich, und er nahm die Geliebte. Beide versanken sie in einer Wollustwoge. Er stieß sich weiter in die Glut Marions, und sie zeigte ihm den Weg und ihre Lust.

»Ich liebe dich auch«, keuchte sie dann und warf sich ihm leidenschaftlich entgegen. Er bohrte sich in sie hinein.

Marion kochte, und das Tonband wurde ein Dokument von Geräuschen der Lust, von Worten der Freude und der Liebe.

Er machte es Marion so, daß sie viermal kam.

Eine gute Stunde später hatten sie schon wieder Geilheit in sich.

»Wollen wir noch einmal?« fragte Marion und hockte sich wie ein burschikoser Junge in den Sessel. Ihre Scheide klaffte.

»Du bist eine herrliche Frau«, seufzte er.

»Warum?« fragte Marion sinnlich.

»Weil du jede Vögelei mitmachst.«

»Ich gehöre doch dir«, entgegnete Marion ernst.

Sie hatte recht.

Er drehte die Tonbandspule auf die andere Spur.

»Wollen wir noch einmal?« fragte Marion wieder.

Er nickte. »Ich bin ein Geschäftskollege, der dich eingeladen hat und verführen will.«

Marion lächelte.

»Du kommst jetzt herein und begrüßt mich.«

Die Geliebte nickte, um ihren Mundwinkel zeigte sich Schalk.

Er drückte auf den Knopf des Tonbandgerätes. Marion trat in das Zimmer. »Guten Tag, Herr Steiner. Ihre Vermieterin hat mir die Tür geöffnet. Komme ich pünktlich?«

»Aber Fräulein Haag, Sie können nie zu spät kommen. Darf ich Ihnen eine Kleinigkeit anbieten?«

»Gerne.«

»Sie sehen heute wieder entzückend aus. Das Kleid steht Ihnen gut.«

»Aber Herr Steiner, ich habe doch einen schwarzen Rock und einen rosafarbenen Pulli an, und davon abgesehen, bin ich nicht hübsch.«

»Fräulein Marion, darf ich Sie so ansprechen?«

»Herr Steiner, sind Sie immer so stürmisch?«

»Wenn Sie wüßten, Fräulein Marion, was ich Ihnen alles sagen und erzählen möchte.«

»Bitte, nehmen Sie Ihre Hand von meinem Knie weg, wir kennen uns doch kaum, daß . . .«

»Ich liebe Sie doch!«

»Verlieben Sie sich immer so schnell? Nein, nehmen Sie die Hand weg. Nein, *nein* . . .«

Marion keuchte, rief wieder: »Nein . . .«

Eine Männerstimme ächzte: »Ich liebe dich!«

Eine Frau antwortete: ›Nein, nein«, doch wurde ihre Abwehr schwächer, dann hörte man nur noch Keuchen, Stöhnen und hektisches Atmen.

»Zerreißen Sie mir doch nicht meinen Slip! Seien Sie doch kein solcher Tölpel, der Rock hat einen Reißverschluß.«

Keuchen, Gieren, heftiges Atmen.

»Herr Steiner, benehmen Sie sich doch. Warum zerreißen Sie mir den Büstenhalter, man kann ihn doch als normaler Mensch an der Schließe öffnen.«

»Marion«, flüsterte eine Stimme. »Verzeih mir. Ich ersetze dir den Slip und den Büstenhalter. Schenke dir alles schöner, als du es je hattest.«

»Warum fallen Sie so wie ein Tier über mich her?« hechelte Marion.

»Alles ist erlaubt, wenn man liebt. Ich liebe dich, komm . . .«

»Nein«, fauchte Marion.

»Dann nehme ich dich ohne dein Mittun.«

»Wie wollen Sie das?«

»Nein, nein«, rief Marion.

»Du hast herrliche Brüste, ich fessle dich.«

Marion lachte. »Mich fesseln?«

»Na, an den Tisch hier. Du wirst schön brav liegenbleiben, und ich werde dich mit den Händen und Füßen an die Tischbeine festbinden. Dann, mein Mädchen, wirst du einiges erleben.«

»Ich schreie.«

»Schrei, wenn es dir Freude macht. Über uns und unter uns sind nur Büroräume. Ich freue mich über deine Schreie, werde es dir so machen, daß du nur so gellst.«

Marion bat, bettelte, wehrte ab.

Eine Männerstimme lachte. »So, jetzt haben wir es. Nun gehörst du mir. Wenn du folgst, mitmachst, tue ich dir nicht weh, und es wird dir sogar Spaß machen. Wenn du dich wehrst, wirst du wenig Freude haben.«

»Was wollen Sie denn?«

»Dich.«

»Macht es Ihnen Spaß, sich an einer Wehrlosen zu vergreifen?«

»Ja, mein Schatz. Und jetzt geht es los.«

Marion schrie gellend: »Nein, *nein* . . .«

»Kommt es dir schon, mein Liebchen«, rief er fordernd. »Ja, es kommt dir«, sprach er weiter, »dein Loch weitet sich, wird naß, dein Spalt zuckt.«

»Nein, *nein*«, rief Marion. »Du hast herrliche Brüste«, flüsterte er. »Ich muß sie saugen und beißen.«

»Nein, *nein*«, seufzte die Geliebte.

»Ich bürste dich jetzt.«

Marion keuchte und stöhnte. Im Zimmer schwebte hektisches Atmen und Keuchen.

»Du«, schrie er nun, »dein Spalt öffnet sich wieder. Spürst du es, wie deine Mösenlippen zucken, fühlst du, wie ich dich stoße?«

Heftiges Atmen. Wortfetzen waren die Antwort.

Er stieß, rammelte. »Spürst du jetzt, wie ich dich liebe?«

Marion keuchte: »Ja, jaaaa . . .«

»Wie oft willst du kommen?«

Die Geliebte schwieg. Er machte es.

»Wie oft willst du kommen?«

Die Geliebte schwieg, doch dann brach es plötzlich aus ihr, und sie seufzte: Ja, jaaa . . .«

»Wie oft willst du gestoßen werden?« fragte er. »Ich kann jetzt spritzen, kann es dir, wenn es dir Spaß macht, jedoch noch einmal besorgen!«

Marion schwieg.

Er zog sein Glied heraus, wartete. »Wenn du keine Antwort gibst, gehe ich, ohne dich genommen zu haben.«

Sekunden vergingen, dann flüsterte es leise: »Komm!«

»Wie oft?«

»Nimm mich, einige Male«, seufzte Marion.

Er wartete, wollte die Lust verlängern.

»Stoße mich, liebe mich«, bettelte nun Marion.

Er verbiß sich in die Geliebte hinein, und es kam ihr.

»Tue ich dir gut?« fragte er.

»Mach weiter so.«

Er stieß, es kam Marion wieder. Sie keuchte und schrie. »Spürst du mich?« stöhnte er.

»Ja, jaaa. Stoße mich noch fester, noch wilder. Ja, jaaa, so ist es richtig.«

Stöhnen, Keuchen, stammelnde Worte.

»Bitte, noch weiter so«, bettelte Marion. »Nimm mich noch einmal.« Er stieß.

»Ja, das tut gut, das ist wundervoll. Ja, stoß mich jetzt mehr nach links. Ja, iaaa . . .«

Marion schrie, warf sich in wilder Lust hin und her, zeigte das, was sie durchwogte, in geilen Rufen.

»Stoße mich ganz fest. Jaaa, es kommt mir schon wieder . . .«

Er schrie: »Mir kommt es jetzt auch!«

Marion rief: »Mir kommt es auch wieder. Stoße noch fester. Nimm meine Brustwarzen. Du . . .« Sie begann heftig zu stöhnen und zu keuchen. »Mir kommt es. Stoßeeeee . . .«

Auch sein Atem ging schwer, und jetzt schrie Marion laut und gellend: »Ja, ich komme. Stoße mich noch etwas. Ja, süß, wie süß!«

Seine Lenden klatschten an den Po der Geliebten. Sie keuchten, stießen.

»Du«, lallte Marion wie trunken. »Es kommt mir schon wieder. Du, das ist wundervoll . . .«

Er tat, was er tun konnte.

Marion gellte. »Ja, jaa, stoße dich fest in mein Loch hinein.

Nach einigen Sekunden zeigte das Tonband die Stimme Marions wieder.

»Du, Liebster, das war herrlich. Ich spürte es ganz genau, wie dein Saft in mich hineinspritzte, wie deine Eichel mich stieß und bügelte. Du, wenn du wieder kannst, mußt du es mir noch einmal so machen.«

»Nein, Liebes.«

»Warum nicht, liebst du mich nicht mehr?«

»Gerade weil ich dich liebe, sollst du noch einen anderen Trip erleben.«

»Ja, jaaa . . .«

»Warte noch etwas, einige Minuten.«

»Küsse mich, vielleicht auf die Brüste, oder erzähle mir etwas.«

»Was?«

»Das neuen Prickel bringt.«

»Erzähle du mir etwas«, lächelte er. »Was verspürst du eigentlich, wenn ich mit meinem Schwanz deine Lust öffne, ich die Lippen auseinanderdränge und mich in dich hineintreibe.«

»Was soll ich erzählen?«

»Du wirst doch Gefühle haben, wenn sich dein Spalt, der bis dahin fest geschlossen war, öffnet, er immer mehr auseinanderklafft. Es entstehen Reize, Feuchtigkeit, näßt die Wände. Dein Kitzler verändert sich, stellt sich hoch, schwillt an. Was geht dabei in dir gefühlsmäßig vor?«

Marion schwieg, wurde etwas verlegen, blickte dann hoch und sah ihn fragend an.

»Du meinst die Szene von vorher?«

»Ja.«

»Es entstand ein Reiz, wurde stärker, wurde zum heftigen, lüsternen Prickel. Ich spürte genau, wie meine Kleine naß wurde. Ein Krampf breitete sich aus, sie wurde zum Orkan, und dieses wurde zur Bedrängnis, zur Pein, wollte geliebt werden. Fast hysterisch suchte ich nach Möglichkeiten, diesen Hunger zu befriedigen. Es gab Phasen in der aufkommenden Gier, wo ich mir wünschte, die Welt möge vergehen!«

»Fühlst du es, wenn deine Lust größer wird?«

»Ja, sehr sogar.«

Marion schwieg.

»Wie kommt es eigentlich, daß deine Brustwarzen sofort anschwellen, wenn ich sie mit der Zunge kose und mit den Lippen umhülle?«

»Weil ich dich liebe.«

»Ist es nur Liebe?«

»Vielleicht nicht ganz. Ich möchte fast sagen, daß meine Brustwarzen noch nie so hart wurden, dieses geile Anschwellen dein Eigentum ist. Viele Frauen behaupten, daß ihre Mösen sich besonders gerne öffnen, wenn der Geliebte in sie eindringt. Bei mir trifft das unbedingt zu. Ärzte sagen, daß ich eine kleine Vagina habe und sie fast unterentwickelt sei.«

Er lächelte. »Da könnte ich eine andere Beurteilung abgeben. Sie ist schon eng, öffnet sich aber weit, wenn die Lust in dir hochbrandet. Dein Spalt ist keusch und herb, doch kann er auch sehr geil und heiß werden, wenn . . .«

»Wenn du zu mir willst, aber *du* mußt es sein.«

»Wirklich?«

»Ja, Liebster. Ich mache dir nichts vor, denn damit würde ich auch mich betrügen. Du weißt es selbst, daß ich die Orgasmen, die ich bei dir erlebte, in diesem Ausmaß nicht einmal annähernd erfuhr. Eigentlich, und fast ist es so, bist du der erste Mann für mich. Erst du hast mich wachgeküßt und . . .«

»Wachgeliebt.«

»Ja«, Marion lächelte.

»Woher kennst du das Wort Ficken?«

»Von einem Mann, den ich vor Jahren kannte. Wir waren beim Tanzen, als er zu mir sagte: ›Komm, gehen wir heim, ich möchte dich ficken.‹

»Und?«

»Bedarf es einer Antwort? Ich gab ihm eine Ohrfeige.«

Er küßte die Geliebte auf die Augen und die Nasenflügel, suchte dann erst ihre Lippen.

Er küßte sie zärtlich auf die Brüste, saugte an den Brustwarzen und zog sie etwas mit den Zähnen. Fast meinte er zu fühlen, wie in Marion Sinnlichkeit hochwuchs und ihre Süße feucht wurde.

»Erzähle mir noch mehr, wie es dir ist, wenn ich es dir mache.«

»Wenn du ganz tief drin bist, beginnt es in mir bis hinauf zu den Brüsten zu zucken. Auch mein Mund zuckt dann, und ich muß schreien und beißen, die Luft wird mir knapp. Wenn es mir dann kommt, spüre ich oft, wie der Muttermund fast gierig nach deinem Saft schnappt und ihn aufsaugt. Es ist fast schmerzhaft. Alles scheint nach jedem Tropfen deines Saftes zu gieren.«

»Was ist in den Sekunden, wenn es dir kommt, besser? Das Küssen auf den Mund, das Bein, die Brustwarzen oder in den Rücken, das Verkrallen meiner Hände in den Rücken oder in die Brüste?«

»Da fällt mir die Antwort schwer. Oft macht es mich toll, wenn du in meine Brüste beißt und die Brustwarzen zerrst. Wenn du von hinten zu mir kommst, macht es mich wild, wenn deine Hände an den Brüsten reißen und sie kneten. Aber oft macht es mir auch Freude, wenn du dich irgendwo in mich verkrallst, mir vor Lust Lust bereitest. Ob du mich nun mit deinem Johnny liebst, ob deine Hände mir Lust bereiten, ob du mir die Brüste in lodernder Geilheit langziehst oder deine Fingernägel mir in die Haut Striemen ziehen, es macht mich glücklich, weil die Lust von dir kommt. Was ich immer gern habe, ist, wenn du mir mit den Händen den Grad deiner Lust signalisierst. Zeige auch du mir deine Freude, mit Worten und mit Händen, so wie du es gern hast, wenn ich schreie und stöhne und vor Geilheit mich winde. Mache du immer alles, was dir Freude macht.«

»Oft habe ich aber Angst, daß ich dich ermüde.«

»Nein, Liebster, das verwehrt die Natur. Du kannst ruhig so stoßen, wie es dich gelüstet.«

Er erhob sich, drückte auf die Taste des Tonbandgerätes. »Das, was wir jetzt alles taten und sprachen, wird ein weiteres Band in unserer Sammlung sein.«

»Hat es dir Freude gemacht?«

»Sehr. Hattest aber auch du Freude, Marion?«

Die Geliebte nickte. »Ich habe sie immer, wenn du dich freust. Ich will immer das, was du willst. Ich möchte für dich leiden, aus Liebe leiden.«

Sein einziger Dank war eine Reihe zärtlicher Küsse.

»Darf ich heute etwas für dich tun?«

Er nickte.

»Nach dem Essen mußt du mir schwere Aufgaben stellen. Sie müssen Opfer sein. Ich möchte sie dir bringen, uns damit beweisen.«

Nach dem Abendessen zog Marion ihr Liebeskostüm an. Sie trug nur den Strumpfgürtel, die Netzstrümpfe und ihre hochhackigen Sandaletten.

Was sollte er befehlen? Dann sah er auf die Uhr.

»Liebste, setz dich jetzt in den Sessel hier, leg die Schenkel auseinander, spreize sie, leg sie je über eine Armlehne, bleib so genau fünfzehn Minuten sitzen!«

Marion tat es. Schon nach Minuten mußte sie Pein erleiden, doch trug sie ihn geduldig, rührte sich nicht und lächelte trotz Pein, die sie erlitt.

»Und nun?« fragte Marion, als die Zeit vorbei war.

»Stell dich in die Ecke, dort am Fenster. Grätsche die Beine, so weit du kannst. Versuche diese Stellung ebenfalls fünfzehn Minuten auszuhalten.«

»Ich halte sie aus, ich liebe dich doch«, war die Antwort. Er sollte, nein, er mußte die Geliebte noch eine halbe Stunde bemühen.

»Noch einen Dienst«, bettelte Marion.

Die nun kommende Lust sollte auch ihm Freude machen.

»Ich mache es dir jetzt von hinten, es darf dir aber nicht kommen, und du darfst auch nicht zeigen, wie es dir ist.«

Marion nickte. Ihre Augen zeigten, daß in ihr bereits wieder neue Lust war.

Er legte die Geliebte über die Lehne des Sessels und befahl ihr, sich mit den Händen auf den Armlehnen abzustützen. Ihre Möse bot sich ihm so herrlich an, daß er sie wundervoll lieben könnte.

Marion war ihm ein Rätsel. Sie erlitt bei dem Trip viele Freuden, doch schien sie riesige physische Kräfte zu haben, denn es kam ihr nicht. Er liebte sie, wie es ihm nur möglich war. Ihr Spalt tropfte. Marion bot sich ihm ekstatisch an, keuchte jedoch nicht. Sie erlaubte sich nicht einmal heftige Atemzüge. Er bewunderte sie wirklich.

Die Stunde war vorüber. Er nahm die Geliebte auf den Schoß, koste und küßte sie. Ihre Wangen, wie auch der ganze Körper, zeigten rote Flecken.

»Bitte, mache es mir jetzt, Liebster«, seufzten ihre Lippen in seine Augen. »Tue es mir besonders.«

»Du, ich könnte schon wieder.«

»Marion!«

»Ich bin doch kein Teenager mehr. Du weißt auch, daß ich etliche Jahre ohne Liebe, ohne irgendeinen Kontakt mit einem Mann gelebt habe. Nehmen wir einmal fünf Jahre an, die ich alleine war. Wenn Liebende sich im Jahr rund hundertmal lieben, macht das fünfhundert Liebesakte aus. Liebster, fünfhundert Orgasmen muß ich nachholen. Das ist fast eine Forderung. Wer weiß, wie lange ich noch leben werde? Komm, Liebster, liebe mich noch einmal, und wenn du streikst, mache ich es mir selber. Jeder Orgasmus, den du mir nicht schenkst, ist ein Verlust für dich.«

Marion lächelte, befreite sich damit von der Obszönität ihrer Worte.

»Dreh dich auf den Bauch.«

»Jaaa . . .«

»Ich dringe jetzt in dich. Sobald ich deinen Spalt richtig geöffnet habe, winkelst du das linke Bein an. Vielleicht kannst du es sogar etwas auf die Tischplatte heraufziehen.«

»Ja«, rief Marion mit tiefem Kehllaut, in dem bereits die Lust schwang, denn er hatte sie mit seiner dicken Stange schon heftig gespalten.

»Alles o. k.?«

»Ja, es ist schön so. Mache es mir nun. Wenn es mir besonders kommt, versuche ich auch das andere Bein hochzuziehen.«

Mit langsamen, harten Stößen holte er Marion. Es machte ihm viel Freude, und es kam ihr schnell.

»Bleib in mir, Ralph«, keuchte sie und biß sich in den Handrücken vor Lust.

Er lag halb auf ihrem Rücken, hatte seine linke Hand unter ihren linken Schenkel gelegt und half ihr in dieser vielleicht nicht ganz bequemen Position, den Körper abzustützen.

Als Marion sich beruhigt hatte, fragte er: »Willst du noch einmal kommen?«

Sie blickte ihn nur geil an.

»Wie?«

»Mir ist es gleich. Ich bin sehr glücklich, ich liebe dich!«

»Ziehe nun auch das rechte Knie auf den Tisch, senke jedoch deinen Po zur Hocke, stütz dich mit den Händen ab.«

Sie hatten eine neue Stellung.

Marion keuchte und stöhnte. »Nimm mich ganz schnell, es ist wundervoll, ich sterbe fast. Ooooh!« schrie sie.

Es kam ihnen beiden sehr.

Es war erstaunlich mit ihnen. Sie liebten sich nun schon über eineinhalb Jahre, und es war noch nicht zu einer Sättigung gekommen. Ja, es war sogar so, daß ihre immer stärker werdende Verbundenheit, die aus dem Herzen wuchs, mit jeder Vereinigung inniger wurde.

Es mag manche geglückte Sexualität ohne Liebe geben, aber zu einer tiefen Liebe gehört fast grundsätzlich eine beglückte Sexualität.

Nie war bei ihnen die sexuelle Lust Ziel oder Inhalt ihrer Verbundenheit, doch war sie der Weg, der Rahmen und auch das Fundament.

Er küßte der Geliebten nachdenklich die Brüste.

»Es ist komisch«, sprach er vor sich hin. »Ich kann alleine essen, trinken, leiden, ich werde vielleicht auch alleine sterben können, doch zum Glück, zur Seligkeit brauche ich dich. Ohne dich bin ich nicht froh. Und wenn wir uns die Liebe zeigen, sie demonstrieren wollen, müssen wir die Brücke der Sexualität beschreiten.« Beim Kosen und Küssen hatten sie eine Lieblingsstellung. Hübsch war es auch, wenn sich Marion während des Spiels mit dem Oberkörper etwas nach rückwärts oder zur Seite beugte und ihre Brüste eine anmutige Silhouette ergaben. Wenn er die Brustwarzen koste und lutschte, standen sie wie schwarze, lüsterne Male ab. Am liebsten nahm er Marion von hinten. Warum wurde die

Brust der Geliebten so schnell wollüstig, wenn er Marion von hinten umschlang oder er ihr den Rücken streichelte.

Er liebte diese Wollust und nahm sie immer wieder als neues Geschenk hin, dankte es mit seiner Hingabe und mit seiner Lust. Nicht nur ihr Blut, nicht nur ihr Fleisch, nicht nur ihre Sinne, sondern auch ihre Herzen erlabten sich daran neu.

Sie liebten sich schamlos und waren trotzdem einander in tiefer Reinheit hörig.

Küsse sind Wahrzeichen und Meilensteine. So wie man küßt, liebt man auch. Die Lippen sind die erste Pforte zum Herzen. In ihren Mündern zeigt sich immer der Grad der Freude, der Lust, die den Körper durchpeitschte.

Immer ist es der Mund der Frau, der das erste Signal gibt, das von ihrer Bereitschaft kündet.

Besonders der Gaumen Marions war voller Reizstellen. Wenn er mit seinem Schwanz in ihren Mund eindrang, krümmte sie sich bald vor Geilheit und hatte nicht selten einen Orgasmus dabei. Jede Liebe braucht ihre Sinnlichkeit. Sie ist ihr Lebensbereich, ist ihre Quelle und ihre Nahrung.

Früher verstand er nicht, daß ein Mann die Grotte der Geliebten oder die Frau den Johnny des Mannes, dem sie zutiefst verbunden war, lutschen konnte. Heute gehört dies alles in den Reigen der Liebe.

Oft waren auch ihre Worte sinnlich. Sie konnten in Wollust mit Kinderlauten sprechen; sie konnten sich Worte aus der Gosse entgegenschleudern und waren dabei glücklich.

Ihre Liebe hatte sogar im Orgasmus ihr eigenes Alphabet.

Ja, sie machten es sich manchmal sogar mit Worten. Liebe versteht alles, verzeiht alles, und zum Glück macht Liebe auch blind.

Waren zwischen Marion und ihm nicht Dinge, die entwürdigend waren? Sie sahen es nicht, die Liebe verklärte und vergoldete alles Tun und machte es zu einem Geschenk.

Oft schrien sie beide in lustvoller Sinnlichkeit. Sie stöhnten und keuchten und schrien, als müßten sie schlimmste Leiden durchstehen.

Atmen, Hecheln, Keuchen und irre Wortfetzen waren die Begleitmusik Marions. Sie ergötzte ihn, gab ihm weitere Lust, geilte ihn auf. Je mehr die Geliebte in Geilheit ertrank, wuchs in ihm der Drang, es ihr besonders zu machen. Teufelskreis der Liebe. Je mehr ihm Lust entgegendrang, um so mehr fühlte er sich verpflichtet, weitere Lust zu geben.

Eigentlich gab er nur seinen Liebessaft. Die Möse der Liebsten trank ihn. Wie sehr wünschte er sich, an ihrem Spalt ebenfalls so trinken zu können.

Marion trug gerne Minikleider. Stand sie am Herd und kochte, lugten unter dem Kleid die Rundungen ihres Pos hervor, war er sofort voller Geilheit. Spürte Marion dieses Begehren? Warum tanzte ihr Gesäß auf einmal so, warum verlagerte sich der Schwerpunkt nach links, nach rechts? Beugte sich Marion nach vorne, ragte ihm ihr Spalt entgegen, als riefe er, als greife er nach ihm.

Dann mußte er die Hüften streicheln. Fast sofort wurde sein Atem kurz, wurde zum Stöhnen und Keuchen, und Marion rang mit nach Luft, schüttelte sich in einem Krampf, zuckte zusammen, und ein Zittern durchlief sie, als bebe sie in Kälte.

Warum lag ihr Schoß immer so nahe, als gehöre er ihm, nur ihm?

»Soll ich dein Bock sein?« hatte er gefragt.

Marion ächzte, rang nach Luft. Er machte es ihr, war Bock

und stürzte sich in den nassen Spalt. Er war sehr glücklich, als er die Wärme der Mösenlippen spürte.

In diesem Augenblick läutete es an der Wohnungstür. Er zog seinen Kerl heraus, wartete; sie schwiegen, meldeten sich nicht.

Fast plötzlich sank Marion, wie von einer schweren Last erdrückt, zusammen.

Marion lag auf dem Boden. Das Kleid hatte sich an der Hüfte weit hinaufgeschoben. Ihr Po lockte, ihre gespreizten Beine riefen, und zwischen den Schenkeln lechzte eine lüsterne Grotte.

»Was ist, Liebste?« rief er.

»Komm, Ralph«, keuchte Marion rauh.

Er nahm die Geliebte so, wie sie vor ihm lag. Auf dem Boden. Er trieb seinen Obulus in ihren Spalt, ritt sie, nein, er machte es ihr fast unnatürlich. Daß er es trotzdem gut machte, ersah er daran, daß es Marion mehrmals kam. Er liebte die Geliebte, daß sie beide nur so tropften.

Wie kam es, daß die vorher angekleidete Geliebte vor ihm nackt lag?

Er biß sie in den Rücken, knetete ihre Brüste, lutschte an den Schultern und koste den Nacken.

Sie hatten sich so erfüllt, daß sie erneut glaubten, sich noch nie so tief und innig gefunden zu haben. Und als sie sich sattgetrunken hatten, waren sie ein Lebewesen, waren sie siamesische Zwillinge.

Sie konnten sich kaum trennen. Er lehnte seinen Kopf an den Rücken der Geliebten, atmete ihn ein, atmete ihn aus. Ihre Lenden hoben und senkten sich im Rhythmus seines Herzens, ihre Möse atmete ihn, sie atmeten sich. Sie lehnte sich an den Tisch, als bedürfe sie der Stütze. Er starrte sie an, als wäre sie verhext. Hatte die Geliebte neue Brüste? Einen neuen Mund? Ein neues Lachen?

Ihr Rücken, ihre Hüften, ihr Schoß bildeten neue Linien. War das noch seine Geliebte? Sie sprachen und wußten, daß jedes Wort nur Floskel, nur Konversation war. Jedes Wort, jeder Atemzug wurde von einer eigenartigen Lust untermalt.

Was war mit ihnen? Sie hatten sich doch erst vor einer Stunde zutiefst besessen?

»Du hast einen schönen Rücken«, sprach er. »Die Linie von deiner Brust zur Hüfte ist filmreif, würde jeden Beschauer bestricken. Du, Geliebte«, er keuchte tief, »du bist schön. Weißt du das? Weißt du, daß du sogar sehr schön bist?«

Marion bog sich nach vorne. Ihr Leib erschauerte, bis hinunter zu den Schenkeln durchlief sie ein heftiges Zittern.

»Glaubst du, meinst du wirklich, daß ich ...?«

Er nickte, trat einen Schritt auf die Geliebte zu.

»Du hast einen Schoß, als wärst du noch ein junges Mädchen. Ich weiß nicht, was mich mehr beglückt: deine Brust, die mich immerzu zu rufen scheint; die Härchen an deinem Schoß, die eine ununterbrochene Lockung sind; ich könnte ihn immerzu küssen und ihn öffnen.«

Marion hatte sich an die Wand gelehnt, als brauche sie diese Stütze. Ihre Lippen waren geöffnet, ihr Körper wirkte wie eine Statue. Die großporigen grünen Strümpfe, der Strumpfhalter mit den rosafarbenen Blumen und die fast weiße, elfenbein schimmernde Haut ergaben einen seltsamen Kontrast.

»Du«, sagte er mit heißer Stimme. »Ich könnte dich fast

jeden Abend fotografieren, so schön bist du. Von allen Seiten. Und immer wieder möchte ich deinen Schoß in neuen Varianten auf einem Bild festhalten.«

Marion blickte ihn zärtlich an. Ihre Brüste wippten, die Brustwarzen schienen ihn fast zu suchen, so drängten sie sich an seine Lippen. Seine Hände glitten über Hüften, zogen Linien bis hinab zum Po, fanden sich an den Schenkeln. Bedrängte er die Geliebte mit seiner Sehnsucht, oder zog ihn ihr Fordern in seinen Bann?

Seine Fingerkuppen zogen die Mösenlippen auseinander, suchten die Perle und berührten sie nur, und schon seufzten die heißen Lippen Marions schrille Lust in seinen Mund. Das Fenster war offen, auf der Wiese spielten Kinder. Über ihnen brummte ein Flugzeug, auf der Straße hupte ein Auto. Marion schrie, rief seinen Namen, lallte vor Lust.

»Marion«, mahnte er, »heb deine Sehnsucht für heute abend auf.«

Er koste ihr den Rücken, küßte ihr die Augen. »Warten wir noch die zwei Stunden, es wird dann um so schöner. Wir waren doch eben erst beisammen. Machen wir uns einen schönen Abend, spielen wir mit uns.«

Die Geliebte richtete sich hoch, als erwache sie aus einem Traum.

»Wollen wir heute abend wieder eine Tonbandaufnahme machen?« Er schaute sie liebevoll an.

»Ja.« Marion atmete tief durch, als bringe ihr dieses Wissen neue Erregung. »Ich freue mich«, seufzte sie und küßte ihn innig.

Marion hockte sich auf seinen Schoß, umarmte ihn, und auf einmal lag sein Pint wieder in ihrem Loch.

»Ich danke dir«, flüsterte die Geliebte und drückte sich fest an ihn.

Er koste das Innere ihrer Möse mit seinem Ralph. Marion beugte sich nach rückwärts, genoß jede Phase der Lust. »Du, das ist schön«, murmelte sie nachdenklich und bot ihm ihren Schoß noch williger an.

Die untergehende Sonne beleuchtete sie. Ihre Leiber wurden von magnetischen Strömen durchzuckt. Aus dem Schoß der Geliebten stieg ein Duft, ein eigenartiger Geruch empor; es war der Geruch der Liebe.

Sie spielten mit sich in tiefer Zärtlichkeit. Einmal lockte ihn die Geliebte und verhielt, dann stieß sie sie wie toll und wartete ebenfalls. Das Wissen, daß der andere gleichen Blutes war, den gleichen Atem, die gleiche Liebe und die gleiche Lust hatte, machte sie selig.

Sie lagen Mund an Mund. Jeder atmete den anderen.

»Ralph, ich danke dir«, flüsterte Marion.

»Warum?«

»Weil du meinem Leben einen Sinn gabst. Weil ich eine erfüllte, beglückte Zeit in meinem Herzen trage. Ich bin oft so glücklich, daß ich die Sträucher und Bäume, die Laternenpfähle und Zäune vor den Häusern umarmen möchte. Ich könnte vor Freude weinen. Und dafür danke ich dir.«

»Wie lange kennen wir uns eigentlich?« fragte er.

»Ewig«, flüsterte sie zurück.

Lange standen sie im dunklen Zimmer am Fenster und hielten sich umschlungen, als wenn sie sich Jahre nicht gesehen hätten. Dann beugte sich Marion aus dem Fenster.

Es war ein schönes Bild, wie sich die Silhouette ihrer Brüste abzeichnete, wie der Schimmer der Sterne die Konturen des Leibes nachzog. Vor ihm stand der herrliche

Körper einer hübschen Frau. Die beiden Rundungen des Pos waren eine Symphonie auf die weibliche Schönheit. Er hätte sie immerzu küssen können.

Auf einmal stand Marion im Mondlicht. War es neidisch? Warum bohrten sich die Strahlen so in den Schoß, schienen dort jede Pore auszuleuchten?

Die Strahlen tanzten, irrten, gierten.

Er trat hinter die Geliebte, nahm sie. Marion keuchte sofort ein tiefes »Aaaaach«, das bald zum schrillen »Oooooh« wurde.

Marion sang das Lied ihrer Lust. Ihr ganzer Körper bebte diese Melodie. Zärtlich stieß er sie, und das »Aaaach« und »Ooooh« wurde immer geiler.

Marion seufzte nicht mehr. Jetzt schrie sie die Ursprache der Liebe, gellte sie in die Dunkelheit hinaus.

Schlugen nicht Wellen klatschend gegen eine Mauer, oder waren es nur seine Schenkel, die sich klatschend gegen die Liebste schleuderten? Sie waren in Liebe trunken. Die Lust, die Marion von sich schrie, war seine Lust. Jedes Ächzen und Stöhnen waren die unbedingt notwendigen Paukenschläge in der Kapelle, die die Symphonie der Liebe spielte. »Ralph, es kommt mir. Stoße mich. Ja, es kommt nun ganz fest.«

Auch ihm kam es. Es war ihm wieder, als explodiere er im Schoße Marions.

»Spürst du mich?« schrie er und rammelte seine letzte Lust in die Geliebte.

»Jaaa, grh, grh«, röhrte und gurgelte sie, reckte ihm ihren Po, ihre Lust in tiefer Liebe entgegen.

Minuten standen sie ineinander verkrallt am Fenster. Als

er sich dann löste, schritt Marion langsam, als bereite ihr jeder Schritt Schmerz, zum Tisch und legte sich mit den Brüsten auf ihn. Dort lag sie ermattet, keuchte, rang noch immer nach Atem. Ihr Körper zuckte mehrmals, als würden noch Nachwehen der Lust ihn erfüllen.

So lag sie vor ihm. Erschöpft in Liebe, die Beine leicht gespreizt. Halb ging sie, halb stand sie, die Beine etwas eingeknickt.

Ob je schon ein Mann seinen eigenen Saft geleckt hat? Er wußte es nicht, glaubte es nicht. Doch er tat es, mußte es tun, es der Geliebten so machen.

Hatte sie darauf gewartet?

Als er auf sie zuschritt, zog sie sich die Tischplatte hinauf, spreizte ihre Schenkel, hob ihr Gesäß etwas und bot sich ihm so an. Er leckte ihren Spalt, säuberte jedes Härchen, weichte die Hautfalten links und rechts der Lippen auf und saugte und leckte sie in liebender Verbundenheit ab. Ja, sie liebten sich sehr.

Eine Stunde später lagen sie auf der Couch und hielten sich zärtlich umschlungen. Seine rechte Hand lag unter dem Po Marions, halb in, halb an der Furche, seine linke Hand lag auf der Innenseite ihres linken Schenkels, und die Finger lagen seitlich zwischen oder auf den Lippen.

Sie lauschten der Musik, die aus dem Lautsprecher drang, küßten sich, unterhielten sich, kosten sich, spielten und küßten.

Sie waren satt und glücklich.

»Liebst du mich?« fragte er.

»Ja«, seufzte Marion ernst und innig.

»Wie lange wirst du mich lieben?« fragte er weiter.

»Bis zu meinem letzten Atemzug«, war die Antwort.

»Und wenn einmal ein Mann kommt, der dir vielleicht noch mehr Zärtlichkeit und mehr Glück geben kann?«

»Es wird keinen anderen Mann mehr geben, das kann ich dir schwören.«

»Ist in dir keine Traurigkeit, weil wir erst im Herbst heiraten können?«

Marion dachte nach. »Ich würde dich nicht richtig lieben, wenn ich nicht den Wunsch hätte, recht bald auch vor dem Gesetz deine Frau zu sein. Wir bekommen die Wohnung leider nicht vor Oktober. Und so, wie es jetzt ist, warte ich gerne.«

Er richtete sich hoch, spielte gedankenverloren an der Möse der Geliebten.

»Schau, ich dringe jetzt mit einem Finger in deinen Spalt ein. Es tut mir gut, macht mir Freude. Wärme umhüllt mich. Nässe entsteht. Bald wirst du so feucht sein, daß es schnalzt, wenn ich den Finger herausziehe.

Ich könnte keiner Frau, so wie dir vorher, die Möse ablekken, die noch von meinem Saft naß ist. Dich könnte ich jedoch überall lecken, überall küssen und kosen, saugen und beißen. Jede Pore, jede Falte deines Körpers gehört mir. Du bist ich. Ich bin du. Und wenn ich in dich eindringe, steht ununterbrochen vor mir das Wissen, daß ich dir Lust und Freude bringe. Dein Glück ist für mich fast noch wichtiger als mein Glück. Klingt vielleicht kitschig, aber es ist wirklich so.«

Marion küßte ihn zärtlich, kniete sich auf den Boden, nahm seinen Ralph in die Hände und koste ihn.

»Auch für mich ist jede Pore deines Körpers voll Seligkeit. Ich bin so in dir, daß du mir nie Schmerz zufügen könntest. Und«, Marion stockte, »wenn du mich richtig liebst, dann drängt es mich manches Mal, hinauszuschreien, wie wundervoll du mich liebst.«

»Vielleicht ist unsere Liebe eine immerwährende Raserei«, sprach er vor sich hin. »Gerade weil wir in der Sünde stehen, ist alles so reizvoll und schön.«

Marion küßte ihn.

»Habe ich dir vorher, am Fenster, nicht gutgetan?«

Sie schwiegen, hielten sich die Hände. Dann sprach Marion weiter, suchte Worte, zögerte, sie zu sprechen, scheute sich. »Ich will, und schäme mich darüber nicht einmal, nur Lust sein. Aber, Ralph, vergiß es nicht, ich will es für dich sein. Da ich deine Lust bin, darfst du mit ihr alles machen, alles tun. Nicht mal in Gedanken könnte ich dir untreu sein. Ich möchte nie mehr einen anderen Mann erleben, alles, was ich bin, soll dir gehören und dir dienen. Du«, Marion drückte sich an ihn und koste ihn mit den Brüsten, »ich möchte wissen, was in mir, in meiner Grotte vorgeht, wenn es mir kommt. Wie könnte man das feststellen? Wenn es dir kommt, spritzt dein Saft in mich. Was ist jedoch in mir?«

»Ob man es sehen könnte?« fragte er.

»Was?«

»Was in deinem Loch geschieht, wenn es dir kommt. Es könnte sein, daß sich der Muttermund öffnet und eine Flüssigkeit ausstößt.«

»Laß dir etwas einfallen. Gibt es eine Möglichkeit, um eine Antwort zu finden?«

»Hast du eine starke Taschenlampe?«

Marion nickte.

»Bring sie mir.«

»Da«, seufzte Marion schwer, als laste auf ihr schon wieder neue Lust.

»Ich werde deine Mösenlippen, deinen Spalt etwas aufspreizen. Ich werde dich dann so reizen, daß es dir kommt. Wenn ich in diesem Moment in deine Möse leuchte, müßte man sehen, was dort geschieht.«

Er spielte nachdenklich mit den Brustwarzen Marions, umkreiste mit den Fingerkuppen ihren Hof, zupfte und koste sie, war glücklich, als sie zu geilen Malen emporwuchsen.

»Ich spreize mit den Fingerspitzen deine äußeren Mösenlippen. Wenn du die inneren auseinanderdrückst, könnte ich mit der Taschenlampe hineinleuchten . . .«

Marion schwankte etwas, als sie in die Küche gingen. Ihre Wangen hatten sich gerötet. Sie ging schweren Schrittes, um sie lag eine hohe Woge der Sinnlichkeit.

»Ich liebe dich«, flüsterte er dankbar und küßte den Mund der Geliebten.

»Lege dich auf den Tisch. Stütze dich hoch, lege dir ein Sofakissen unter den Po.«

Mit raschen Griffen salbte er die Votzenlippen der Geliebten ein, strich auch die Innenwände zärtlich ein.

»So, Liebste, jetzt wollen wir sehen, ob es auch bei dir spritzt, wenn es dir kommt.«

Er küßte und leckte die Möse, öffnete sie zum Spalt, Dann führte er seinen Ralph ein und machte es ihr so weit, daß sie kurz vor dem Orgasmus lag.

»Liebste, es geht los. Habe keine Angst, es tut nicht weh.«

Wieder leckte er die Schamlippen Marions.

»Es paßt«, sagte er zärtlich.

Er holte den Pinsel und strich damit über die Klitoris. Marion schrie so in Lust, daß er sofort aufhörte, denn es durfte ihr erst kommen, wenn sie in höchster Erregung war. Dann spreizte er die Schamlippen. Er ließ sich unendlich Zeit, schuf damit neue Reize, die Marion fast verrückt machten.

»Ralph«, keuchte sie, »küß mich. Ich kann nicht mehr . . .«

Aber er konnte.

»Ralph«, gellte Marion.

Alles bebte und zitterte an Marion. Ihre Lippen rangen nach Atem, als müßte sie ersticken. Unerbittlich streichelte er die Innenseite der Möse mit dem Pinsel, führte dann vorsichtig seinen Mittelfinger ein.

»Nein, *nein*«, stammelte Marion.

Er drang mit dem Finger noch weiter ein.

*»Nein«*, schrie Marion in wilder Lust und warf ihm den Spalt entgegen, als wollte sie sich Lügen strafen. Dann gellte sie: »Ralph!«

Er knipste die Taschenlampe an, leuchtete, sah genau den Muttermund. Sein Finger knetete die Perle, strich in geilem Rhythmus über die Lippen. Noch wenige Sekunden und es mußte Marion kommen. Er starrte auf den Muttermund, diesen Eingang zur Gebärmutter der Geliebten. Nässe tropfte aus ihm. Dann zuckte er, öffnete sich, schnappte, suchte, gierte.

In ihm kam eine ungeheure Lust auf. Es kam Marion.

Wie besessen starrte er durch die Tülle, leuchtete mit der Taschenlampe jede Pore aus. Der Muttermund zuckte, schnappte, dann trat eine weißliche Flüssigkeit aus.

Er wollte die Brüste der Geliebten kosen und küssen, wollte den Orgasmus erhöhen, ihn noch weiter hochtreiben.

Was war wichtiger, hübscher, reizvoller?

Marion schrie, es schien ihr heftig zu kommen. Aus dem Muttermund drang nun plötzlich vermehrt diese weißliche Flüssigkeit. Fast spritzte sie.

Sie warf sich wie irr nach allen Seiten, wehrte sich, doch er gab keine Gnade, masturbierte sie zart mit dem Finger. In einem Atemzug stieß Marion seine Hand weg und holte sie, wenn er zögerte, und drückte sie wieder in ihren Spalt.

»Weiter, stoße«, gellte sie ihn an. »Ja, jaaa«, befahl sie, strampelte, schrie laut um Hilfe. Dann sank sie zusammen. Er löschte das Licht, küßte die Schamlippen, schloß sie mit seiner Zunge und koste zärtlich die Brüste der Geliebten.

»Ralph«, keuchte Marion, als sie aus ihrer Ohnmacht, die über zehn Minuten gedauert hatte, erwachte. »Ich liebe dich so sehr«, bettelte sie. »Ich war dein Teil, Liebster. Du, es war sehr, sehr schön. Ich war nur noch Liebe, spürte nur noch Liebe, träumte nur noch Liebe. Ralph, ich bin dein Körper.«

Marion lag über eine Stunde mit ihrem Kopf in seinem Schoß, war glücklich, träumte, schlief und fuhr erschrokken hoch. »Was ist, Ralph?«

»Ich habe etwas vergessen.«

»Was?«

Er lächelte vor sich hin und küßte zärtlich die Nasenspitze der Geliebten.

»In meinem Koffer liegt etwas für dich. Ich muß es dir unbedingt noch heute geben.«

Marion war Weib wie alle Frauen. Sie richtete sich hoch und sah ihn fragend an. »Soll ich das Päckchen holen?«

»Ja . . .«

Die Geliebte brachte den flachen Karton, der in Seidenpapier eingepackt war.

Als Marion das Paket öffnete, sah sie das hübsche Lederkostüm.

»Du, Ralph, das ist wundervoll. War es sehr teuer?«

»Probier es an.«

Sie liefen in das Schlafzimmer. Marion zog zuerst den Rock an, betrachtete sich kritisch im Spiegel.

»Gefalle ich dir?«

»Sehr.«

»Ja?«

»Am liebsten würde ich dich so fotografieren. Der hübsche, knappe Lederrock und oben deine Brüste.«

»Ralph, ich will wissen, ob mir der Rock steht.«

Er nickte. »Ja, Liebes. Du siehst sehr hübsch aus, fast zu hübsch.«

Marion drehte sich vor dem Spiegel.

»Ist er nicht zu knapp?« fragte er ängstlich.

»Nein, eher zu lang. Der Rock wäre noch hübscher, wenn man die Härchen deines Schoßes sehen könnte.«

»Ralph, laß das. Gefalle ich dir wirklich? Ich meine, er ist zu eng und zu kurz.«

Er nickte. »Sehr. Zieh nun die Jacke an. Wenn ich noch weiterhin deine Brüste ansehen muß, komme ich zu keinem klaren Gedanken mehr.«

Die Geliebte streifte sich die Jacke über, schloß den untersten Knopf, legte etwas ihre Brüste zurecht und schloß dann en zweiten Knopf.

»Du siehst toll aus«, sagte er begeistert und küßte die Geliebte von hinten auf den Nacken. Er konnte es jedoch nicht lassen, mit einer Hand, am Revers vorbei, an eine Brust zu greifen und sie zu kosen. Die andere zwängte sich zwischen die Schenkel.

»Du bist naß.«

»Kein Wunder, wenn du mich so lüstern anstarrst.«

»Ich starre nicht«, korrigierte er mit ernstem Gesicht. »Und wenn ich dich anstarren sollte, bestimmt nicht aus Lüsternheit, denn letzten Endes bist du nur meine Freundin und nicht meine Frau. Und seine Freundin darf man anstarren, nur ist man nicht lüstern. Es ist nur Spiel, Reiz. Erst wenn du meine Frau bist, werde ich es mir erlauben, dich lüstern anzustarren.«

Sie lachten sich an. Dann drehte sich Marion wieder vor dem Spiegel. »Ob ich in dieser Jacke, die einen sehr kessen Ausschnitt hat, ohne Büstenhalter gehen kann?«

»Unmöglich«, antwortete er.

»Warum? Du warst doch bisher immer dafür, und kein Ausschnitt konnte dir gewagt genug sein.«

Er lächelte. »Schließe nur den untersten Knopf, dann bist du würdig, meine kesse Allerliebste zu sein.«

Marion öffnete den zweiten Knopf und sah nun sehr sexy aus. Ihre Brüste spannten die Jacke. Wenn sie so gehen würde, dachte er belustigt, drehten sich bestimmt alle Männer um. Und das, das freute ihn.

»Ist es nicht zu obszön, man kann genau meine Brüste sehen?« fragte Marion.

»Ich bin ja bei dir«, lächelte er. »Wenn einer hineinbeißen möchte, kann er nicht, weil ich wahrscheinlich ununterbrochen an dir hängen werde.«

Marion nickte. »Du bist ja mein Mann.«

»Dein Mann?«

»Ja. Im Herzen sind wir bereits Mann und Frau. Vor dem Gesetz werden wir es auch bald sein. Ist nicht das Gesetz, das in uns liegt, wichtiger?«

Er nickte.

»Ich freue mich«, sprach Marion weiter, »wenn ich einmal hinter einer Tür wohne, die deinen Namen tragen wird. Dann bin ich zu Hause, dann habe ich meine Heimat gefunden. Ich habe ein Ziel, eine Aufgabe.«

»Ab 1. Oktober haben wir die Wohnung. Glaube daran. Die Immobilienfirma ist mir verbunden, es klappt bestimmt. Dann heiraten wir, dann bist du meine Frau.«

Er lächelte, schäkerte. »Wenn du ganz brav bist, mir immer etwas Gutes kochst, dann genehmige ich ein gemeinsames Schlafzimmer, und du darfst allabendlich zu mir ins Bett kommen, ich wärme dich da, wo du gewärmt sein willst.«

Marion wurde rot. Er küßte der Geliebten die Nase, leckte sie bis hinauf zu den Augen.

»In manchen Wohnungen lebt der Vater mit der Tochter zusammen oder die Mutter mit dem Sohn. Wenn wir eine Nacht zusammen sind, klatscht man im Haus, flüstert und sieht uns nach.«

»Bald werden wir einen Ehering tragen, uns aber mehr geben können als manches Ehepaar.«

»Haben wir uns in den zwei Jahren schon einmal gestritten?« fragte Marion.

»Nein«, antwortete er schlicht.

Sie aßen eine Kleinigkeit. Marion hatte ihr Lederkostüm an. Es war schwül. Nicht nur in ihnen.

»Weißt du, Ralph, es ist sehr stickig, es wird ein Gewitter geben. Wollen wir einen Spaziergang im Park machen? Er wird uns guttun.«

»Und du kannst dein neues Kostüm ausprobieren . . .«

Die Antwort war, daß ihn die Geliebte zärtlich in die Wange biß.

»Ich gehe jedoch ohne Jacke«, sagte er. »Es ist so schwül.«

»Unbedingt. In einer Stunde ist es sowieso schon dunkel. Wenn du Hemmungen hast, können wir ja die Hauptspazierwege meiden.«

»Gehst du im Kostüm?«

Marion zögerte. »Nein. Der Rock sitzt nicht richtig. Ich muß den Reißverschluß etwas versetzen. Ob ich ein luftiges Sommerkleid anziehe?«

Marion suchte.

»Gefällt dir dieses hier?«

»Nein, das ist zu brav.«

»Dieses?«

»Ja, es ist so keß wie du!«

Die Geliebte biß ihn wieder in die Wange.

»Kann ich in diesem Kleid ohne Büstenhalter und Slip gehen?« fragte sie. »Das Kleid ist sehr durchsichtig.«

»Ja, aber es wird schnell dunkel, und dann . . .«

»Dann . . .«, lächelte Marion ihn zärtlich an.

Marion stand vor ihm. Das Kleid war kurz, die Brüste drückten sich deutlich ab. Man merkte auch, daß sie ohne Slip ging. Er war glücklich.

»Ob man nichts sieht, Ralph?«

»Bestimmt nicht. In jenem Augenblick, wo ein Spaziergänger überlegt, ob du mit oder ohne gehst, sind wir schon vorbei. Und es wird ja schnell dunkel.«

Als Marion vor ihm die Treppe hinabging, ergab das Kleid hübsche Linien. Die Brüste und das Gesäß zeichneten sich so ab, daß er lüstern wurde. Zum Glück hatten sie nur wenige hundert Meter zum Park. Manche Leute blieben stehen und sahen ihnen nach. Andere wieder winkten sich mit den Augen zu und musterten Marion eindringlich, wenn sie vorübergingen.

Er überlegte. Hatte Marion wirklich so große, geile Brustwarzen? Minuten später stellte er sich die Fage, ob die Geliebte wirklich einen so lüsternen, aufreizenden Gang hatte.

Marion lehnte sich an das Geländer des Teiches, sah den Schwänen zu, die um Brot bettelten. Er war entzückt, wie sich in der schwindenden Sonne ihre Brüste abzeichneten, wurde fast verrückt, als er feststellte, daß man sogar ihren Schoß sehen konnte.

In ihm wuchs die Erregung. Er trat hinter die Geliebte, streichelte ihre Hüfte, rieb vorsichtig und zärtlich seinen Ralph an ihrem Po.

Um sie war nun Dunkelheit, und in diesem Augenblick blühte ihm das Herz der Geliebten entgegen. Seine Sinnlichkeit hatte in ihr einen lodernden Brand entfacht.

Waren auf dem Weg um den Teich nicht noch einige dahinwandernde Schatten? Waren es Bäume, Sträucher oder Menschen?

Er koste die Brüste der Geliebten. Sie lagen, trotz des Kleides, fast nackt in seinen Händen. Stille hüllte sie ein, sie wirkte wie eine Liebkosung der Natur. Er öffnete die Knöpfe, die sich über den Brüsten spannten.

Marion stöhnte. Nun lagen die Brüste nackt vor ihm. Er streichelte sie, und schnell wuchsen die Brustwarzen zu Lustmalen an.

Auch in ihm wuchs die Süße hoch, die vor ihm am Geländer lehnende Geliebte und die nackten Brüste erregten ihn sehr. Seine Lust war so stark, daß er mit einer Hand eine Brustwarze und mit der anderen die Pofalte und darunter die Pforte zu ihrer Seele suchte.

Beide keuchten sie, rangen nach Atem. Auf dem Teich lag ein heller Schein. War es schon dunkel? Schien noch etwas die Sonne? Spiegelten sich in der Wasserfläche nur die Sterne?

Er wußte es nicht, dachte nicht mehr nach, fühlte nur noch, daß sich die Geliebte geil über das Geländer beugte und die in ihr hochwallende Lust sie zu den ersten Schreien führte.

Es war dunkel, der Schein auf dem Wasser trügte. Er streifte der Geliebten das Kleid hoch und führte gierig seinen Freund ein. Er war noch nicht ganz drin, als Marion schon geil aufstöhnte.

»Ruhig bleiben«, mahnte er. Die Antwort war weiteres lustvolles Stammeln.

»Bleib so«, bat er. Er griff wieder mit beiden Händen nach den Brüsten. Die Brustwarzen wirkten wie angeschwollen, waren kleine Pyramiden. Er koste sie, atmete sie, spürte, wie ihre Grotte zuckte. Er warf sich heftiger in sie, stieß nach links, nach rechts, zog sich zurück, rammte sich wieder hinein. War es Lust, war es Tollheit, daß sie so schrie? Er war glücklich, spürte, wie die Möse der Geliebten sich weitete, wie sie sich näßte, wie sie zum wilden Orkan wurde.

»Du, Liebste, hörst du es?« fragte er.

»Was?« erwiderte Marion erschrocken.

»Horch.«

Er zog sich heraus, stieß wieder heftig zu, zog ihn wieder heraus. Es schnalzte, schmatzte, quietschte.

Marion verkrümmte sich über den metallenen Zaun, keuchte, rief wieder: »Aaah, aaah, oooh, oooh!«

Er stieß sie nun. Ihr Keuchen wurde zum Rhythmus. Bei jedem Hieb wurde das »Aaaaah« lauter.

»Horch«, bat er.

Wieder zog er sich aus dem Spalt. Es schnalzte und schmatzte erneut laut.

»Hast du es gehört?«

»Ja, jaaa«, keuchte Marion. »Bin ich das?«

Er stieß und rammelte.

»Liebste«, keuchte er glücklich.

»Ja, jaaa, mache es weiter so. Es ist wundervoll.«

Das Kleid störte ihn. Er knöpfte es ganz auf. Minuten später streifte er es ab. Vor ihm kauerte, über ein Geländer gebeugt, die Geliebte, die Silhouette einer sehr hübschen, nackten Frau. Wieder überrollte ihn eine riesige Woge der Lust.

Er machte es. Marion schwankte in seinem Takt. Er stieß sie, und ihr Kopf warf sich im Rhythmus seiner Stöße hin und her. Sie keuchte und stöhnte, lallte und schrie, als müsse sie ersticken.

Dann schrie sie wieder laut. Plötzlich brach ihre Stimme. Marion hing über dem Geländer und weinte.

»Habe ich dir weh getan?«

»Nein, es war wunderschön. Ich bin so glücklich.«

Er hob das Kleid vom Boden auf, führte die Geliebte zu einer Bank, die unter einer riesigen Buche stand. Dort saßen sie dann, er, ein angezogener Mann, und neben ihm eine splitternackte Frau.

Die Nacht war schwül. Zuerst zog er sein Hemd aus, bald war auch er nackt.

Sie küßten und streichelten sich, schenkten sich Worte der Liebe. Dann standen sie an den Stamm der Buche gelehnt und küßten sich erneut, als hätten sie sich jetzt erst entdeckt. Der Mond lächelte. Die Sterne leuchteten. Der Teich schimmerte. Irgendwo schrie ein Nachtvogel. Sie lehnten am Baum, flüsterten trunkene Liebesworte. Die Brüste der Geliebten gierten, sein Schwanz wuchs, suchte sein Ziel.

»Spreiz etwas die Schenkel«, bat er.

Er drang im Stehen in die Geliebte ein. »Schließe nun die Beine!«

So standen sie lange, waren glücklich.

»Du, ich bin schon wieder naß«, seufzte Marion.

Die Geliebte küßte ihn. »Komm«, bettelte sie.

Er nahm seinen Ralph in die rechte Hand, strich mit der Eichel über die Perle.

Marion seufzte, stammelte: »Aaaach!«

Sein Mund suchte die Zunge der Geliebten. Dann hatten sie sich wieder restlos gefunden, machten es sich im Stehen. Es kam ihnen. Marion starrte ihn fast entsetzt an, als in ihr der Orgasmus hochschwellte. Er liebte sie in jede Pore, stieß in sie jeden Tropfen seines Saftes. Und jede Welle, die ihm kam, wurde von Marion seufzend aufgenommen.

Sie gingen spazieren, nackt. Waren sie zwei Menschen oder ging nur ein ineinander verwirbelter Schatten dahin? Sie schritten wohl den Weg entlang, doch hatte er sich so in Marion und sie sich in ihn verkrallt, daß sie kaum fähig waren, richtig ihre Beine zu gebrauchen. Einmal gelangen ihnen einige, wenige Schritte, dann wankten sie, standen, küßten sich, bewegten sich fast hüpfend weiter. Lag ihr Schatten nicht eben auf dem Boden? Am Rücken Marions klebten kleine Kiesel, wie kamen sie dorthin? War nicht sein Ellbogen voll Erde? Klebten nicht an den Knien der Liebsten Blätter?

Warum brach vorhin der Ast des Magnolienbaumes, und warum war Marion einige Schritte gegangen und hatte seine

Blätter in den Händen? Was hatten sie in der kleinen Bucht gemacht? Marion hatte schlammige Knie, auch die Handflächen waren sandig und naß.

War er betrunken?

Er suchte die süßen Brustwarzen. Sie erregten ihn, waren hart und lang, doch lagen sie auf kühlen Steinplatten. Seine Hand mußte sich erst dazwischendrängen und die Wärme und die Glätte tat gut. Steinplatten, Nässe, Kühle, Wärme, Kiesel, Brustwarzen, Bäume, Blätter, Schlamm, Keuchen, Sand, ein heißer, nasser Spalt, das Zirpen eines Nachtvogels, das Licht des Mondes und zuckende Glieder vermischten sich zu einer Fata Morgana. Marion bettelte: »Mach es mir auch in die Ohren und zwischen die Brüste, stoß mich in die Achseln und zwischen die Schenkel, mach es mir in die Haare und in die Hände.«

»Wollen wir schwimmen?« keuchte er.

Marion nickte, und schon waren sie im Wasser. Es tat gut, erfrischte.

»Wie war es?« fragte er.

»Schön. Anfangs tat es weh. Du hast irgendwie meine Möse hochgezogen, hochgestemmt. Doch dann wurde der Schmerz zur Lust. Hast du nicht gespürt, daß es mir schnell kam.«

»Ich hatte etwas Angst.«

»Warum?«

»Mein Junge lag nicht ganz geglückt in dir. Und als es mir kam, hatte ich die Sorge, daß ich mehr Saft außerhalb deiner Kleinen als in dir vergieße. Ich spürte deinen Muttermund nicht, du warst mir nicht so nahe wie sonst.«

Marion überlegte. »Ja, so ganz geglückt spürte ich dich auch nicht. Es kam mir vielleicht auch etwas zu schnell.

Schön war es insofern, weil du meine Möse so hochzogst und der Schmerz schnell zur Lust wurde.«

»Warum bespringe ich dich so gerne von hinten?«

»Weil du mich so am besten findest, du am weitesten eindringen kannst. Ich habe es gerne, wenn du mich im Knien nimmst. Du kauerst dich dann so liebevoll, so zärtlich an mich, daß ich, wenn ich daran denke, schon wieder sehnsüchtig werde.«

»Aber das Reiten macht dir auch viel Freude?«

Marion nickte, hockte sich auf ihn, legte ihre Beine links und rechts von seinen Schenkeln auf die Bank.

»Ach, Ralph, ich liebe dich . . .«

»Du, deine Süße ist schon sehr naß . . .«

»Dein Freund hat aber auch eine Länge und Dicke, daß ich Angst habe, ob du mich damit nicht auseinanderreißt.«

»Wir können es ja einmal auf einen Versuch ankommen lassen«, schäkerte er.

Marion hob etwas ihr Gesäß an. Er nahm sein Glied, strich mit ihm einige Male über die Perle und die geöffnete Oase, vor und zurück, vor und zurück. Marion atmete heftig. Wieder spielte er, rieb seine Eichel am Rand, an den Schamlippen, und dann erst rannte er sich heftig in den Spalt. Bis zum Anschlag.

Marion zuckte zusammen, stöhnte.

Stille umgab sie. Irgendwo seufzte ein Vogel. Marion keuchte immer erregter und begann ihr »Jaah« zu rufen. Ihr Becken kreiste, sein Körper wirbelte und stieß.

»Ich komme schon wieder, Liebster. Stoße, liebe mich. Ich komme.«

Er biß in Schultern und Brüste, hob die Schenkel der Geliebten hoch und trieb sich fast verloren in ihr Paradies.

»Jaaa«, klagte Marion und sank auf seinem Schoß zusammen.

»War ich sehr schlimm?« fragte sie, als ihr Atem wieder ruhiger ging.

»War ich sehr schlimm?« fragte er.

»Wir waren tierisch«, bestätigte Marion.

»Ich war Hengst. Hart und brutal . . .«

»Und ich war Stute . . . Ob Tiere immer so wild, so leidenschaftlich sind?«

Er nickte. »Wenn sich z. B. in den Tierparks die Nashörner lieben, stehen oft viele Tierpfleger mit langen Stangen, mit Feuerwehrschläuchen und dicken Seilen bereit, um – wenn der Herr und Gebieter zu stürmisch wird – einen Mord zu verhüten. Oft dauert es eine ganze Stunde und länger, bis sich die zwei Tonnen schweren Kolosse gefunden haben. Der Liebesschrei des Nashornweibchens schrillt wie der Pfiff einer Lokomotive. Das Männchen seufzt dabei und röhrt und röchelt. Bei den Nashörnern ist es nur ein brutales, primitives Gerempel und Rammeln und Stoßen. Und wenn sich das Glied des Männchens in die Geschlechtsöffnung des Weibchens versenkt hat, dann dauert der Orgasmus oft fast eine Stunde.

Manches Männchen ist damit zufrieden, manches ist jedoch so gierig, daß es mit den Vorderbeinen auf das Weibchen hinaufklettern muß. Das Begehren, sein Glied noch besser einführen zu können, ist so groß, daß es oft auf den Rücken des Weibchens klettert und dort hängenbleibt. Es ist ein fast lächerlicher Anblick, wenn man sieht, wie der ungeheure Körper sich auf das Weibchen hinaufdrängt. Das Weibchen trägt diese Last meist geduldig, doch später, wenn sich beide genügend begattet haben, liegen sie müde, friedlich und zufrieden auf dem Boden.

Auch die Liebe der Nilpferde dauert lange, fast eine halbe Stunde. Wird das Weibchen jedoch unter Wasser geliebt, droht es zu ertrinken. Geschieht es über Wasser, auf dem Land, besteht oft die Gefahr, daß das sechzig Zentner schwere Männchen das Weibchen erdrückt.«

»Es muß den Tieren aber Spaß machen, sonst täten sie es nicht.«

Er nickte. »Wenn das nicht nötig wäre, gäbe es keine Nilpferde und Nashörner, gäbe es nirgends mehr Nachwuchs. Auch das primitivste Tier wird also eine gewisse Geschlechtslust und Geschlechtsfreude haben.«

»Ob Tiere sich in der Lust auch Schmerzen zufügen?«

»Bestimmt. Wie oft beißt der Kater die Katze, wenn ihn der Orgasmus quält, so am Nacken, daß man glaubt, er wolle sie töten. Er ist grausam in seiner Lust, denn oft und oft schreit und jault die Katze jämmerlich.«

»Wie oft finden Tiere wohl einen Orgasmus?«

»Die Tigerinnen scheinen sehr heiß zu sein. Wenn sie in der Paarungszeit stehen, fordern sie den Tiger pro Tag oft bis zu zwanzigmal zur Paarung auf.«

»Die Karnickel scheinen wohl die aktivsten Liebenden zu sein?«

»Ja, wahrscheinlich. Sehr interessant geht es z. B. bei den Seelöwen zu. Man hört sie oft schon kilometerweit in ihren Liebessängen: Sie jodeln und grunzen fast ununterbrochen und locken damit die Weibchen an. Der Harem eines Seelöwen umfaßt – wenn er sehr stark ist – bis zu zwanzig Weibchen. Er ist so eifersüchtig, daß er fast ununterbrochen um seine Frauen kreist und aus Eifersucht oft zwei Monate – eben die ganze Paarungszeit – nichts frißt. Er muß in diesen Wochen fast nur von Luft und Liebe leben. Sie fressen nicht, sie schlafen nicht, müssen immerzu darauf achten, daß kein Nebenbuhler sich an eines der Weibchen macht, und«, er lächelte wieder, »sie müssen ihre Damen ununterbrochen hofieren. Ein richtiges Seelöwen- oder See-Elefantenweibchen will nach allen Regeln des Liebeslehrbuches für Seelöwen geliebt und hofiert werden. Eigenartig ist auch, daß bei den Tieren der Schlaf nie mit einem Beischlaf verbunden ist. Das ist nur bei den Menschen der Fall. Trotzdem muß gesagt werden, daß das Seelöwenmännchen durch die Liebe oft so erschöpft wird, daß es dabei einschläft.

Die Liebe der Seelöwen dauert auch über eine Stunde. Und so ein Männchen hat oft bis zu zwanzig Frauen. Es kann dem Pascha daher passieren, daß er erschöpft einnickt und mitten im Schlaf von einer anderen Dame seines Harems geweckt wird, weil auch sie geliebt werden möchte.

Jeder Besucher der Arktis kann berichten, wie sehr das Weibchen imstande ist, ihr Leid in die Welt hinauszuklagen, wenn das Männchen ihr keine Befriedigung brachte. Sind mehrere Frauen mit ihrem Mann unzufrieden, klagen sie – Frauen sind sich auch hier schnell einig – gemeinsam ihr Leid. Die Natur scheint die Pinguine aufgrund ihres Körperbaus nicht gut für die Liebe geschaffen zu haben. Wenn sich das Weibchen mit seinem tönnchenförmigen Körper nach langen, ergreifenden Gesängen auf den Bauch wirft, muß das ebenfalls sehr rundliche Männchen auf sie klettern. Mit seinen kurzen Beinen und den Stummelflügeln findet er auf dem Rücken wenig Halt. Er tänzelt wie ein Seiltänzer, doch fällt er oft und oft wieder herunter, und manchmal wird das Weibchen über diese Stümperei so böse, daß es aufsteht und dem ungeschickten Liebhaber mißgestimmt davonwatschelt.«

Marion erhob sich. »Du, wir müssen heim, es wird mir nun doch kalt.«

Zu Hause stand sie vor dem Spiegel und besah im Spiegelbild kritisch ihre Brüste.

»Kann ich überhaupt noch ohne Büstenhalter gehen? Sind sie nicht zu füllig? Schaukeln und hüpfen sie nicht obszön, wenn ich schnell gehe?«

Sie verschwand im Schlafzimmer. »Ich komme gleich wieder«, rief sie über die Schulter zu ihm. Dann kam sie und fragte: »Wie gefällt dir dieser Strumpfgürtel?«

»Sehr gut.«

»Wirklich?«

»Ja.«

»Und die Strümpfe? Sie sind nicht mehr so großmaschig, das hat man jetzt nicht mehr.«

»Du Verführerin . . .«

»Warum?«

»Weil du genau weißt, wie sehr sie dir stehen, aber . . .«

»Aber?«

»Du willst gelobt werden . . .«

Vor ihm zitterten Brüste. Sie wurden von langen Brustwarzen gekrönt, die geil wegstanden. Der Strumpfgürtel schmückte die Geliebte sehr. Die Härchen des Dreiecks grüßten zärtlich, die Furche war leicht mit Tau bedeckt. Wie oft hatte er sie schon mit der Zunge geöffnet?

Brüste lockten, ein Schoß rief.

Er schob die Geliebte zur Couch. »Leg dich hin«, sagte er kehlig.

Marion legte sich auf den Rücken, spreizte die Beine, lächelte zärtlich und fragte: »So?«

»Leg dich auf den Bauch.«

»Auf deinen?«

Er lächelte wohl, sagte jedoch mit rauher Stimme: »Nein. Spreize die Beine, so weit du kannst.«

»Sooooo?« die Stimme Marions war auch kehlig geworden.

»Ja.«

Er setzte sich neben die Geliebte, koste ihren Leib.

Marion stöhnte: »Ralph!«

Er hatte nicht die Absicht, die Geliebte schnell zu einem Orgasmus zu führen, streichelte und suchte nur. Marion lag schon in geilen Wellen, ihre Schenkel zuckten. Sie vergrub ihr Keuchen in die Kissen, biß hinein, warf sich hin und her, klagte und schrie, spreizte fast unnatürlich ihre Schenkel. Vor seinen Augen lag Marion.

»Süße«, keuchte auch er erregt.

»Ja, Süße«, antwortete Marion schrill. »Ich bin Süße, nur noch Liebe, bin ein Tier mit einer großen Lust, Ralph . . .«

Wieder warf sich Marion hin und her, wälzte sich, als läge sie auf Glut, klagte und winselte.

»Ralph, gib es mir, ich ersticke sonst. Küß mich.«

Das Gesäß der Geliebten hob sich an, sank zusammen, hob sich wieder, als reite sie ihn unsichtbar. Ihr Spalt bebte, lechzte, hungerte, durstete. Jetzt erst erlaubte er sich die Vereinigung und stieß sich fast in den Spalt. Schon beim ersten Eindringen gab es jenes schmatzende Geräusch, das anzeigte, daß die Grotte völlig naß war.

Mit beiden Händen suchte er die Brüste, zerrte an den Brustwarzen, und bei jedem Reißen und Kneten stieß er sich noch tiefer in die Geliebte hinein.

»Aaaaaach«, röchelte Marion lang und tief, sank zusammen, wurde von einem heftigen Zittern befallen.

»Ist es dir gekommen?«

»Ja. Komm du aber noch nicht, laß mich einige Minuten so liegen.«

Nach einer kleinen Pause richtete sich Marion hoch. »Ich setze mich auf dich.«

Sie konnten schon wieder. Vom ersten Augenblick an loderte Marion in neuer Lust. Sie bog sich zurück, ihre Brüste boten ein herrliches Bild. Ihre Leiber verschmolzen ineinander.

Welche Liebe war die schönste? Jene, die am Abend hochflammte, zu einem lichterloh brennenden Feuer wurde, oder die, die am Morgen sich wie ein Beben ausbreitete? War nicht die Liebesglut des Morgens länger, lodernder? Seine Augen streiften durch das Zimmer. Der Spiegel der Frisiertoilette ist hübsch, dachte er. Man kann die zwei Blenden verstellen, es muß reizvolle Effekte geben, wenn er Marion dreiteilig vor ihm fotografierte. Neben seinem Schenkel lag das Bein der Geliebten. Anerkennend küßte er die Finger Marions. Er sinnierte und suchte weiter; die Brüste sind erstaunlich schön, die Brustwarzen haben einen zärtlichen Hof. Glichen sie nicht rosaroten Pyramiden?

»Ralph?«

Er erwachte.

»Liebst du mich?«

Er nickte. »Sehr.«

»Bis zum letzten Tag unseres Lebens?«

»Ja. Wenn ich es dir nur beweisen könnte.«

»Durch Liebe.«

»Wie beweist man Liebe?«

»Durch lieben.«

»Was ist lieben?«

»Sich dem anderen ganz schenken, sich ihm immer wieder vorbehaltlos neu hingeben.«

»Tue ich das icht?«

»Doch. Nur mußt du mir schwören, daß du mich auch noch in zehn Jahren genauso liebst.«

»Kann ich nicht.«

Marion erschrak, löste sich von ihm.

»Warum nicht?«

»Weil ich dich doch mindestens zwanzig bis dreißig Jahre lieben möchte. Was sind dagegen schon zehn Jahre?«

»Duuu«, rief die Geliebte glücklich.

Diesem Abend folgte wieder eine Phase ihrer Liebe, in der ihm Marion fast ununterbrochen ihre Liebe beweisen wollte. Sie kroch an manchen Abenden vor ihm auf dem Boden, und er mußte ihr die Kleidungsstücke brutal herunterstreifen. Oft bekam sie schon den ersten Orgasmus, wenn er ihr den Slip abriß.

Wuchsen diese Erniedrigungsphasen Marions aus dem Wunsch, neue sexuelle Reize zu empfangen? Erniedrigte sie sich nur, um dadurch neue Lust zu empfangen?

War es nicht fast krankhaft, sich so bestätigen zu wollen?

Gab es in Marion eine Schuld, die sexuell bedingt war, und wollte sie sich in neuen Wollustreizen durch solche Opfer beweisen?

War Marion einmal ungeheuer erniedrigt worden, weil sie nun so Liebe suchte?

Hatte er das Recht, die Ursache zu suchen?

Nein. Liebe fragt nicht, Liebe wertet nicht, Liebe urteilt nicht.

Er fügte sich, diente.

Münzte Marion die Lust in Liebe um?

Sie war glücklich, wenn er glücklich war.

Und dann hatten sie wieder ihre Suchphase. In diesem Abschnitt ihrer Entwicklung versteckte sich die Geliebte. Es gab in der Wohnung nicht allzu viele Möglichkeiten. Er suchte Marion, tat, als ob er sie nicht fände. Suchte er besonders linkisch, fiel Marion oft in eine solche Lust, daß sie fast einen Orgasmus hatte. Entdeckte er sie, taten sie, als ob sie sich soeben erst kennengelernt hätten, küßten sich sehnsüchtig und gierig wie am ersten Tag. Langsam und mit großer Zärtlichkeit entkleidete er die Geliebte und war der erste Verführer. Marion erschauerte in großem Entzücken und weinte fast vor Dankbarkeit, als er sie liebte.

Marion liebte es, fotografiert zu werden, wenn er sie entkleidete und küßte. Mehrere Abende machten sie nur Aufnahmen, wo er sie in den verschiedensten Stellungen, meist nur noch halb bekleidet, liebte.

Es war an einem Abend. Er saß auf der Couch, Marion hatte ihren Kopf in seinen Schoß gelegt.

»Ich denke gerade an den Stein, damals in Tirol«, sagte er versponnen.

Marion nickte und küßte seine Hand. »Es waren schöne Tage. Was mir noch in Erinnerung ist, daß ich damals neue Reize, neue Lust und neues Begehren schuf.«

Im Radio rauschte eine Störung. Er bettete den Kopf der Geliebten auf ein Kissen, erhob sich und suchte einen anderen Sender. Als er zurückkam, sah ihn Marion mit heißen, glänzenden Augen an. Sie lag auf dem Rücken, hatte die Beine gespreizt, und ihr Liebeshügel sah mit dem nassen Spalt allerliebst aus.

Er konnte nicht anders, er mußte diese sehnsüchtigen Lippen lecken. Sie schmeckten salzig und herb. Was sollte er tun? Stand vor ihm nicht die unausgesprochene Forderung, die Scheide mit der Zunge zu lecken, auf daß sie zum lüsternen Abgrund wurde? Und ws konnte er anderes tun, als aus diesem Spalt zu trinken? Er trank. Marion war sehr naß. Er leckte diese Nässe auf, saugte, suchte und fand immer wieder neue Quellen. Dann wuchsen Wünsche hoch, die zum Drang wurden. Zärtlich öffnete er die Scheide, legte die linke Mösenlippe auf die Seite, leckte die Klitoris, drückte dann die rechte Lippe zurück. Er küßte, spielte und reizte. Aus der kleinen Öffnung zwischen den inneren Schamlippen drang ihm Wärme entgegen.

Marion atmete glücklich, bot sich ihm in immer neuen Nuancen an.

Es läutete schrill. Zuerst nahmen sie es nicht wahr, doch als die Klingel erneut anschlug, erhob er sich.

»Geh du ins Schlafzimmer«, befahl er. »Ich ziehe den Bademantel an.«

Als er die Wohnungstür öffnete, sah er niemanden und drückte daher auf den elektrischen Türöffner der Haustür. Schritte kamen hoch. Der Postbote brachte einen Eilbotenbrief.

»Wer war es?« fragte Marion ängstlich.

»Nur ein Eilbotenbrief für dich.«

»Für mich?«

Er nickte.

»Laß sehen.«

Marion öffnete den Brief. »Ach, der ist von Gerdi. Wir waren doch für Samstag zum Geburtstag eingeladen. Sie entschuldigt sich. Die Mutter ist schwer erkrankt, sie mußte sofort zu ihr. Die Einladung würde nachgeholt werden, wenn sie wieder hier ist.«

»Wollen wir spazierengehen?«

»Unbedingt, es ist so stickig, so schwül. Einige Schritte werden uns guttun.«

Sie wanderten im Park am Bach entlang, der den kleinen See füllte. Als der Weg in das Wäldchen führte, hörten sie von ihm nur noch ein fernes behagliches Murmeln.

»Bist du auch warm genug angezogen, Liebste?« fragte er, denn es kam plötzlich ein kühler Wind auf, und Marion war zusammengezuckt.

»Was hast du an?« fragte er fürsorglich und tastete über die Brüste und die Schenkel.

Die Antwort war ein zärtlicher Kuß. Als seine Hände die Frage zu beantworten suchten, erkannte er, daß Marion nur das Sommerkleid trug, darunter völlig nackt war.

»Du erkältest dich!« mahnte er.

»Du erlaubst mir ja keine Unterwäsche mehr, du Wüstling«, schäkerte die Geliebte.

»Es wird aber sehr frisch, der Wind ist fast kalt.«

»Dann mußt du mich eben wärmen.«

Er umarmte die Geliebte mit beiden Armen, und zärtlich wanderten sie weiter.

»Ja, Ralph, es wird kalt. Aber dieses Frieren macht mir Freude. Ich habe wieder ein Geschenk für dich.«

Lange sprachen sie über das Mysterium Liebe und Lust, Pein und Freude. Dann setzten sie sich auf eine Bank, diskutierten dort weiter. Bald hockte Marion auf seinem Schoß und wärmte sich in seinen Armen.

Marion hatte sich beim Hinsetzen das Kleid hochgerafft, und nun spürte er die Wärme ihrer Schenkel. Der Weg war klein und nah. Die Knöpfe, die das Kleid an der Brust schlossen, waren schnell geöffnet, und in Liebe, ohne irgendein Begehren, koste er die Brüste und biß sie zärtlich. Dann lehnte sich Marion an ihn, ihm den Rücken zugekehrt. Ihre Brüste lagen in seinen Händen und strahlten glückseligste Geborgenheit aus.

»Ich liebe dich«, seufzte die Geliebte.

Seine Antwort war, daß er ihr den Nacken küßte, er ihre Brüste drückte und ihr den Po streichelte. Herrlich war diese warme Nacktheit.

»Komm Liebster«, bat Marion. »Gib mir deinen Stab, ich möchte dich auch in mir spüren.«

Die Grotte war leicht geöffnet. Vorsichtig schob er sein Glied ein, rückte die Geliebte zurecht. Nun waren sie vereinigt. Seine Hände umhüllten wieder die Brüste und die Brustwarzen lagen wie kleine Murmeln in seinen Handflächen. Der warme Ring, der sein Glied umschloß, kündete Zärtlichkeit. Er meinte, jedes Härchen der Scheide zu spüren. Wärme durchdrang ihn, genau spürte er die Pobacken.

Marion hockte glücklich auf ihm. Ihre Beine waren gespreizt, hingen links und rechts, neben seinen Knien, auf den Boden hinab. Lippen suchten ihn. Sie küßten sich. Und auf einmal ritt ihn die Geliebte. Ihre Grotte war sofort naß.

Heuchelnd fragte sie: »Darf ich?«

Warum fragte sie?

Einige kurze, ekstatische Stöße, dann erhob sie sich und setzte sich, ihm die Brüste zugewandt, wieder auf ihn und begann ihn zu reiten. Ihre Hände umfingen seinen Nacken, nein, umkrallten ihn.

Und so liebte ihn die Geliebte, und er ließ sich lieben. Trotz der Kälte, die sie jetzt umgab, hatte er Marion das

Kleid völlig aufgeknöpft. Er war glücklich zu sehen, wie die Brüste tanzten und wippten.

Marion warf sich nur so auf ihn, spießte sich an ihm auf. Sie jubelte und weinte. Es kam ihm sehr spät.

Es gab Zeiten, wo es ihnen, wenn sie sehr verliebt waren, sofort kam. Je mehr sie sich jedoch in einem engen Zeitraum gefickt hatten, um so später fanden sie den Orgasmus.

Erinnerungen tauchten auf. Der Stein in Südtirol, die Mauer in Italien.

Marion konnte herrlich klagen, wenn er ihr den Orgasmus – aus einem Reiz heraus – verwehrte. Aber damals, da klagte auch er. Marion ritt ihn, trieb ihn, saugte ihn auf.

Er erwachte aus seinen Träumen. An seiner Wange ruhte der Kopf Marions, an seinem Hemd lagen warme Brüste. Er dankte mit zärtlichen Küssen. Sofort hob Marion wieder ihren Po und begann ihn erneut zu reiten. Sie trieb ihn, stieß ihn zurecht. Wieder verbiß er sich in die vor ihm zuckenden Brüste. Dann kanm es ihm. Er zuckte in seiner Lust, aber auch Marion bäumte sich auf, verkrampfte sich in ihrer Lüsternheit. Einige Tropfen drängten noch, und diese stieß er – Marion hockte fast ohnmächtig auf ihm – abschiednehmend in den Spalt der Geliebten hinein.

»Frierst du nicht, Liebste?« fragte er wieder.

»Nein, du wärmst mich ja so wundervoll.«

Auf einmal richtete sich Marion hoch, sah ihm in die Augen. »Du, Ralph, ich habe eine Bitte.«

»Ja?«

»Du mußt mich zeichnen.«

»Ich kann doch gar nicht zeichnen, Marion, ich habe nicht das geringste Maltalent.«

»Ich meine es anders«, flüsterte die Geliebte und schob

ihren Schoß gegen ihn, als empfinde sie schon wieder neue Lust.

»Du mußt mir ein Zeichen machen; du mußt mir ein Mal geben, das jedem zeigt, daß ich in einer besonderen, unverlierbaren Liebe stehe.«

Er verstand Marion nicht. Seine Augen fragten und suchten. »Du sollst mir etwas tun, was mir ein Mal aufdrückt, das mich immer an dich kettet, das es mir unmöglich macht, je in meinem Leben noch an einen anderen Mann zu denken.«

»Bist du denn in Sorge, daß es einmal mit uns enden könnte und es bei dir noch einen anderen Mann gibt?« fragte er bestürzt.

»Nein, Liebster. Nicht einmal im Bruchteil einer Sekunde besteht Gefahr. Ich meine es anders.«

Ihre Zunge glitt über die Lippen, näßten sie. Marion schien sehr erregt zu sein, denn sie rang nach den richtigen Worten.

»Ralph, es beglückt uns besonders, weil wir uns so leidenschaftlich lieben. Dies alle, meine ich, wollten wir künden, beweisen und zeigen.«

Marion hob ihren Po hoch, rammelte ihn etwas. Mit Seufzen und Keuchen sprach sie weiter: »Du sollst mir etwas tun, was Lust bereitet, und diese Lust wird mir zur neuen Lust werden. Du sollst mir etwas machen, was mich immerzu an dich erinnert, wenn du die Woche über weg bist. Und dieses sollte etwas sein, was uns noch weiter aneinander bindet.«

Das Gesäß der Geliebten tanzte wieder etwas. Ihre Lippen suchten ihn gierig, ihre Zähne bissen ihn. Auch in ihm war wieder Prickel, und so stieß er geil in den nahen Spalt. Gerade als es der Geliebten kommen wollte, verhielt er und bat: »Nein, Liebste, jetzt nicht mehr. Du bist sonst morgen nicht arbeitsfähig.«

»Wann machst du mir dieses Zeichen?«

»Was soll ich tun?« fragte er zurück, überlegte.

»Gibt es nicht ein Zeichen, das du mir machen kannst?«

Sie schwiegen.

»Ja, du sollst, nein, du mußt es mir machen, sonst hätte ich keine Freude daran.«

In Marion wuchs Lust hoch. Sie schlug sich seinen Ralph wie besessen in die Grotte, und wieder mußte er sie mahnen, als es ihr kommen wollte.

»Du bist gemein«, atmete die Geliebtge ihm in die Lippen und biß ihn. Er wurde wirklich gemein, bat Marion, daß sie ihr Loch etwas abrücke, nahm seinen Pint in die Hand und strich mit der Eichel zart über ihre Perle. Marion wimmerte. Nach einigem Spiel mit der Klitoris strich er langsam mit der Eichel durch den sehnsüchtigen Spalt. Marion bäumte sich lüstern auf, drang gegen ihn, stöhnte und keuchte. Und wieder hörte er auf, als es ihr kommen wollte. Er kannte die Geliebte. Wenn ihre Hände kraftlos wurden, wenn sie ihre Lippen nicht mehr schließen konnte, sie nur noch ein »ach« und »Oh« hervorstammeln konnte, war sie ganz nahe am Orgasmus. Er gab ihn nicht, erlöste nicht, schuf bewußt Pein und Qual.

Marion litt, und ihr Leiden machte ihm Freude. Der Lustschmerz der Geliebten war ihm Labsal. Die Gier, die ihren Körper durchtobte, das Zicken ihrer Glieder, das Stammeln ihrer Lippen war ihm Musik.

Marion wartete, lechzte, bettelte. Er weidete sich an der Qual, die er schuf. Ihr süßer kleiner Mund gab ihm neue Reize, die ihn bald so erregten, daß er sich sehr zusammennehmen mußte, um nicht der Geliebten die erlösenden Stöße zu schenken.

Marion sank erschöpft zusammen. War es ihr doch gekommen?

Nein, denn Sekunden später ritt sie ihn wieder in neuer Lust: »Ralph, komm, komm, mach es, mach es doch!«

Marion schrie ihre Sehnsucht in ihn, war brünstiges Tier, war Hure und Geliebte, war Weib, das seine Stunde hatte.

Und in dieser Brunst, auf der Bank am See, in diesen Minuten, wo eine Frau bebend darauf wartete, daß der Geliebte sie liebte, entstand ihr Plan.

Er gab nun den erlösenden Orgasmus. Sie schlugen sich ineinander, als wären sie lange Monate getrennt und ausgehungert gewesen. Dann sprachen sie alles präzise durch.

Neue Wonnen kamen hoch. Sie warfen sich ineinander, als wenn sie sich erst jetzt entdeckt und gefunden hätten. Sie stießen sich wund, vögelten sich fast irr, fickten sich bis zur Erschöpfung.

Am Samstag waren es genau zwei Jahre, daß er Marion kannte, war es nicht erst gestern gewesen, daß sie in Genua um Hilfe gerufen hatte?

Wie nahe war ihm noch jener Abend. Oft erinnerte er sich an den Urlaub in Italien, an jene Stunde, wo sie zum ersten Mal ineinander versanken.

Was war vor ihm? War es wirklich so, daß er Marion das große Erlebnis, die große Freude bringen konnte?

War er der erste, der sie von hinten nahm? War er der einzige Mann, der ihr mehrere Orgasmen schenkte? War er der einzige, der sie mit dem Rücken auf den Tisch warf, ihr die Beine hochriß und sie so oft liebte?

Es müssen neue, unbekannte Freuden gewesen sein, die er Marion gebracht hatte.

Er lächelte glücklich vor sich hin. Damals, auf dem Tisch,

wie hatte Marion vor sich hin gestöhnt, wie hatte sie sich an ihn gekrallt? Wie hatte sie anfangs oft Angst, er würde mit seinen Stößen aufhören? Sah sie ihn in den ersten Monaten ihrer Liebe nicht immer wie ein Wunder an, als erlebe sie diese Lust, diese Pein, diese Freude wirklich zum ersten Mal?

Sie hatten in ihrem Bücherschrank schon zwei Fächer mit Fotoalben. Wenn er am Freitag in den Nachmittagsstunden zu Marion kam, blieb er meistens bis Montag früh. Der erste Tag, die ersten Stunden gehörten nur der Liebe. Am Samstag nahmen sie manche Liebesstunde auf dem Tonband auf. Ihr Archiv an Fotos und Tonbändern wuchs mit jedem Monat.

Ihre Fotoalben sahen vom Rücken her wie Bücher aus, waren in Halbleder gebunden, und die Farben Rot, Blau, Gelb, Braun, Schwarz usw. kündeten einen ganz bestimmten Inhalt. Natürlich hatten sie auch ein Album mit Familienfotos, mit Bildern von Betriebsfesten, Ausflügen, Besuchen. Elf Alben berichteten jedoch nur von ihnen. Sie hatten sie oft neu geordnet. Erst jetzt, nach zwei Jahren liebender Lust, hatte jedes Album sein bestimmtes Anliegen.

Das Album I enthielt »nur« Aktaufnahmen. Alle Bilder waren nett, froh und sauber. Aber sie wirkten irgendwie alltäglich.

Die Alben II – IV waren bereits voller Pikanterie. Sie enthielten Bilder, die Marion beim Striptease zeigten. Anfangs trug die Geliebte noch einen modischen, durchsichtigen Slip. Dann wurden die Aufnahmen freier und gelöster. Marion knöpfte sich den Büstenhalter ab, das Röckchen wurde popokurz. Bilder aus Italien zeigten Marion in durchsichtigen Kleidern. Oft war sie mit ihnen ins Meer gegangen. Auf mancher Aufnahme wirkte die Geliebte angezogen nackter als nackt. Die Kamera lugte unter Röcke und Kleider, in Blusen und Mäntel. Da bückte sich Marion, und ihr nackter Po war sichtbar, dort lag sie auf einem Felsen, und das hochgeraffte Kleid zeigte besonders hübsch die Schönheit ihres Leibes.

Das Album V enthielt nur Fotos, die die Grotte Marions zeigten.

Das Album VI zeigte den Spalt in Ausschnittsvergrößerungen. Jedes Bild sprach von Liebesstunden, von Situationen, die voll zärtlichster Erlebnisse waren. Er hatte dieses Foto mit Gegenüberstellungen gefüllt. Da war ein Bild, das Marions Oase in den ersten Wochen ihrer Liebe zeigte, auf der gegenüberliegenden Seite des Albums klebte ein Foto, die neueste Aufnahme des Spalts in einer sehr geglückten Ausschnittvergrößerung. Der Schoß, der Liebeshügel wirkten gleich. Auch der Po und die Schenkel. Die Härchen ihres Dreiecks waren aber dunkler, wissender und irgendwie sinnlicher geworden. Die Scheide war vor zwei Jahren auf den Farbaufnahmen ein rötlicher, kleiner Spalt. Jetzt wirkten die Schamlippen größer und dunkler. Manches Foto zeigte sie weit geöffnet, und gar manches Bild weist auf eine Veränderung hin: Der Spalt, auch jetzt noch eine deutliche, harte Linie, wirkte auf manchen Bildern wie ein breites, lüsternes Band.

Das Album VII gehörte den Brüsten Marions. Die Geliebte hatte herrliche Brüste. Manches Bild zeigte erregende Silhouetten. Auch hier war es ein hübsches Spiel, den normalen Fotos Aufnahmen gegenüberzustellen, die die gleiche Brust in der Silhouette mit geilen Brustwarzen zeigten. Manchem Bild meinte man ansehen zu können, daß kaum einen Meter abwärts, im Schoß, ein Orkan von Lust den Körper pflügte.

Die Alben VIII – IX waren sündigste Pornographie. Hier werden sie wohl bald einen weiteren Band anschließen müssen. Oft fotografierte er in solchen Bildern in Farbe, und jedes Foto zeigt, wie sie sich herrlich liebten. Fast meint man vielen Bildern anzusehen, wie die Geliebte schreit und sich in geiler Lust windet. Marion lag und stand, kniete und beugte sich. Besonders diese zwei Alben waren Dokumente der Lust, und wenn sie in ihnen blätterten, wurden sie so geil, daß sie sich nehmen mußten.

Das Album X zeigt Marion nur in Ekstasen. Es ist ihr wertvollstes Album. Oft sind die Augen der Geliebten wie irr aufgerissen. Auch der Mund, wenn er klagte und schrie und seine Lust hinausgellte. Die Zähne, die Lippen, das ganze Gesicht künden von Geilheit. Manchmal sprachen nur die Hände, die Finger. Eine Ausschnittvergrößerung zeigt, wie sich die Hand in seinem Rücken verkrampft oder wie seine Finger sich in eine Brust verkrallen oder brutal die Brustwarzen reißen. Manche Fotos künden auch von der Not, in der sich die Geliebte windet, zeigen die Pein, weil er die Erlösung nicht gab.

Das Album XI war neu. Es zeigte nur Po-Aufnahmen Marions. Die Pobacken waren reizend, immer wieder konnte er sie fotografieren. Da lehnt Marion an einer Mauer, bückt sich etwas, und unter dem Kleid liegen die beiden Rundungen. Dort beugt sich die Liebste nach einer Blume, und zwischen den Pobacken lugt zärtlich der Spalt hindurch. Viele Reize strömen diese Fotos aus, besonders aber jene, die bereits die Narben zeigen. Sie sind oft geil, obszön, weisen aufdringlich zum Spalt, zum Quell und Urgrund ihrer Lust.

Er lächelte glücklich vor sich hin. Viele Stunden lag die Geliebte vor ihm und bot sich, so wie er es wollte, der Kamera an. Dienend, zu allen Aufnahmen bereit, in keuscher Schamlosigkeit.

Das erste Bild dieses elften Albums zeigt Marion in einer Nahaufnahme von hinten. Sie kniet, hat die Hände auf den Boden gestützt. Das Gesäß wirkt durch den Strumpfgürtel und die Netzstrümpfe geil. Die Schenkel sind etwas gespreizt, und in dieser Stellung hatte er die Geliebte Minuten vorher wie ein Hengst geliebt. Als er dann seine Aufnahmen machte, hatte Marion ihm den Kopf zugedreht. Das ganze Gesicht war noch von Geilheit zerrissen, die Lippen noch in nachträglicher Lust verzogen. Der Po wirkte irgendwie gespalten, die Schenkel standen so auseinander, daß man den Spalt sah; er war offen, tropfte, schien noch zu zucken. Es war eine herrliche, aber auch eine sehr lüsterne Aufnahme.

Wenn er dieses Bild mit dem Vergrößerungsglas betrachtete, sah man jedes Fältchen, jede Pore, jedes Härchen. Schamlos nahe war die Klitoris, noch schamloser wirkten die äußeren und inneren Schamlippen. Der Eingang zum Spalt war ein Loch, und auch diesem meint man ansehen zu können, daß es vor Sekunden in tiefer Lust bebte. Das Foto zeigt genau die Nässe, und einigen Reiz ergibt eine Ausschnittvergrößerung, weil man genau erkennt, wie sein Saft herausrinnt.

Er blätterte oft in den Alben. Marion war eine sehr hübsche Frau. Auf manchen Bildern erkennt man, daß sie eigentlich ein herber Typ war, sie jedoch in Liebe ungeheure Wandlungen erfahren konnte. Was die Aufnahmen besonders hübsch machte, war, daß sie nie gestellt wirkten. Da sitzt Marion in einem Sessel, trägt nur einen Strumpfgürtel, Netzstrümpfe und silbrige Sandaletten. Er lächelte wieder und flüsterte: »Aus unserer Anfängerzeit!« Auf einem Bild hat

Marion nur ein Bein angewinkelt. Die nächste Aufnahme zeigt, wie die Geliebte dieses Bein über eine Sessellehne legt. Die Stellung war sehr fotogen, die Schamhaare kräuseln sich zu einem zärtlichen Flaum, und die Scheide ergibt eine geheimnisvolle, dunkle Linie. Hübsch war auch das Bild, auf dem Marion beide Beine auf den Sessel hochgezogen hat. Man sah eigentlich nur die Beine bis zum Knie, doch unten schimmerte ihre Muschi hervor.

Ein Foto hatte er vergrößert, es schmückt die ganze Seite des Albums. Marion liegt mit dem Rücken auf der Sitzfläche des Sessels. Ein Bein liegt über der Lehne, das andere hängt über der Armstütze. Der Kopf ist zum Boden gebeugt, über den Brüsten baumelt eine Kette mit großen schwarzen Kugeln, doch blieb beim Rückwärtsbeugen des Oberkörpers die Kette an einer Brustwarze hängen und schuf dadurch einen reizvollen Aspekt.

Über fünf Seiten zeigt das Album nur Aufnahmen in diesem Sessel. Marion hockt, lehnt, liegt, kniet in oder auf ihm. Sie liebten beide diesen Sessel. Die breite weiche Rückenlehne, die bequeme Sitzfläche, die Höhe, die hübschen Armstützen gaben Behaglichkeit und erlaubten viele reizvolle Aufnahmen. Auf manchen Fotos hängt Marion über der Rückenlehne, die Hände auf den Armstützen aufgelegt, und er liebte sie in den verschiedensten Stellungen.

Später hatten sie gegenüber diesem Sessel einen hohen Spiegel angebracht. Jetzt wurden ihre Aufnahmen raffinierter, denn die Fotos zeigten alles Geschehen jetzt auch im Spiegelbild, was neue Reize und Möglichkeiten ergab. Ja, dieser Sessel . . . Machte er es der Geliebten in oder auf ihm, kam es ihr meist mehrere Male hintereinander.

Im Album mit den Busenaufnahmen hatte er ein Bild, auf

dem zu sehen war, wie Marion über diesem Sessel hing. Die Brüste stehen so geil und brünstig ab, daß er diese Aufnahme in das Brustalbum einordnete, obwohl ihr klaffender Spalt eigentlich das Bild beherrschte. Das Brustalbum bewies übrigens auch, daß die Brüste einer Frau im Orgasmus kleiner und spitzer werden. Er hatte es anfangs nicht geglaubt, aber wenn die Brustwarzen Marions hart und borkig wurden, standen die Brüste mehr ab und wurden dadurch kleiner.

In den ersten Monaten hatte er es gerne, und die Bilder kündeten davon, wenn sich Marion ihm nackt hingab. Dann kamen sie in eine Phase, wo sie neue Reize empfingen, wenn Marion ganz oder nur leicht bekleidet war. Einige Zeit liebte es Marion, wenn er ihr die Kleidung vom Leib riß. Hatten sie ihre perverse Strähne, mußte Marion den Slip anbehalten, und er zerrte ihn an einem Schenkel auf die Seite und trieb sich so in sie. Auf manchem Bild liebte er die Geliebte so, den Slip an die Seite gezwängt. Es war nicht immer bequem, und manchmal war der Weg für seinen Schwanz zu schmal und eng, daß er Mühe hatte, das Loch zu finden. Es gab Bilder, auf denen sie mit dem Rücken auf dem Tisch liegt. Man meinte dem Foto anzusehen, daß er sich nicht mehr die Zeit nahm, ihr den Slip abzustreifen, denn er wurde nur etwas herabgedrückt oder nur auf die Seite geschoben.

Sie hatten Zeiten, in denen er es der Geliebten durch Stoffe hindurch machen mußte. Einmal hatte Marion nur ein hauchdünnes Höschen an. Es war hübsch, sehr sexy, stand ihr bestens. Die Fotos zeigten in einigen Schnappschüssen, wie er die Stoffbahn in die Scheide schob. Die Abschlußaufnahme war obszön, denn man erkannte genau die in der Scheide steckende Stoffbahn des Slips.

Warum liebten sie es damals, es sich durch einen Stoff hindurch zu machen? Tat er es, weil es Marion neuen Reiz und weitere Lust brachte?

Auch die Tonbänder wurden zu zahlreichen Dokumenten. Manche waren nur so mit Lustschreien und brünstigem Rufen gefüllt. Sie geilten sich mit ihnen auf, reizten sich mit Worten, warfen sich in lodernder Lust primitive Worte zu.

Ja, sie waren sehr oft geil, waren auch sehr oft pervers. Es gab Tage, in denen sie viele Dummheiten machten . . .

In den letzten Monaten, besonders im letzten Urlaub, achteten sie nicht mehr darauf, ob es andere merkten, daß Marion unter dem Kleid nackt war. Sie sahen es nicht mehr, wenn Marion ihre Bluse offen trug. Selten bemerkten sie beim Schwimmen, daß der schmale Streifen des Bikinis, der den Büstenhalter darstellen sollte, verrutscht war und die Brüste mehr entblößte als bedeckte. Ob sie die vielen fragenden Blicke noch sahen, die man Marion und ihm zuwarf, wenn das knappe Bikinihöschen des Badeanzugs verrutscht war?

Sie besaßen schon über fünfzig Aufnahmen, die einmal das Album XIII schmücken sollten. Die ersten Aufnahmen hatten sie bei einer Tagewanderung in einem Südtiroler Hochgebirgstal gemacht. Es waren wunderschöne Fotos, die einmal eine Bildergeschichte ergeben sollten. Sie hatten eine unbewohnte Alm gefunden, und das erste Bild – es mußte die ganze Seite des Albums beherrschen – zeigt ein Mädchen, Marion, das wie hingeworfen auf dem rauhen, rohen Holzboden liegt. Die Geliebte wirkt wie ohnmächtig, die Hände krallen sich in die Holzbahnen. Marion liegt auf dem Bauch, ein Bein ist leicht angewinkelt. Unter dem Kleid zeigt sich der schwellende Po. Auf dem nächsten Foto ist das Bein noch mehr angezogen, zwischen den Schenkeln ist bereits die unbekleidete Süße sichtbar. Marion kroch, wollte sich erheben, brach zusammen, richtete sich wieder hoch, und aus den verschiedensten Blickrichtungen und in den reizvollsten Einblicken zeigte sich ihr Schoß. Marion dreht und wendet sich, zieht die Beine an, ihre Hände greifen nach unsichtbaren Gegnern, wehren sie ab. Brüste drängen aus dem Kleid, Knöpfe lösen sich, der Spalt beginnt zu klaffen. Da zeigt eine Aufnahme nur die hübsche Linie vom Schenkel bis hinauf zur Brust, dort das Gesäß bis hinauf zur Hüfte und Schulter. Marion entkleidet sich, scheint sich in einem Trancezustand zu befinden. Sie spielt die Kranke, die immer wieder zusammenbricht, sich an den Wänden hochtastet. Brüste taumeln, zucken, neue Linien bilden sich, wachsen obszön hoch und schaffen neue Reize.

Vielleicht machen sie im nächsten Urlaub ein weiteres Album, das in Bildern fast ein Lehrbuch der Liebe sein könnte. Am Sonntag hatte er Geburtstag gehabt. Marion wollte aus der Konditorei für den Nachmittagskaffee noch etwas besorgen. Er deckte den Tisch fertig, schmückte ihn. Marion kam schnell zurück. Die Kälte hatte ihre Wangen gerötet, und die anhaftende Frische gab ihr die Gelöstheit eines jungen Mädchens.

»Ich liebe dich!« hatte er ergriffen geflüstert und zog sie auf seinen Schoß.

»Ich bin unendlich glücklich«, dankte Marion und küßte ihn zärtlich. Das Essen war sehr festlich, und der Sekt krönte ihre Stimmung. Dann beschenkte ihn die Geliebte. Jedes Päckchen kündete Zärtlichkeit, Dankbarkeit, Hingabe.

»Heute abend habe ich noch etwas für dich«, flüsterte die Geliebte. Den Nachmittag verbrachten sie mit einer Wanderung in die Berge.

»Du, Ralph, ich hatte heute nacht einen komischen Traum«, begann sie. Er küßte die Geliebte auf die Wange.

»Erzähle.«

»Wir waren in einem anderen Land, hatten eine bronzene, gelbliche, dunklere Hautfarbe. Um uns war eine exotische, eine fremde Religion, und wir hatten eine Tochter. Ich weiß nicht mehr, ob es die Religion befahl oder meine Liebe zu dir den Weg wies. Unsere Tochter war mannbar geworden, sollte nun in das Leben und in die Liebe eingeführt werden. Und das war in diesem Land die Aufgabe der Mutter.«

Marion küßte ihn, und er dankte ihr diese Zärtlichkeit, indem er einen Arm um ihre Hüfte legte und ihren Körper heftig an sich drückte.

»Ich salbte ihre Scheide. Wie komme ich nur darauf? In einer exotischen, rituellen Handlung entjungferte ich sie mit einem Finger. Zart und voll Liebe öffnete ich sie und salbte wieder die Schamlippen. Dann war sie so geöffnet, wie es sein mußte. Wir beide waren uns einig, daß der erste Mann du als der Vater sein solltest.« Wieder schwieg Marion. Seine Hände drangen in die Bluse und kosten die Brüste.

»Und dann kam der Abend. Wir feierten ihn. Ich hatte den Tisch festlich gedeckt. Auf ihm standen Speisen, die ich noch nie gesehen und von denen ich noch nie gehört hatte. Kerzen brannten. Irgendwo spielte Musik, Trommeln schlugen dazu in einem eigenartigen Stakkato. Dann erhob sich unsere Tochter, öffnete ihren Sarong, stand zuerst nackt vor mir, als brauche sie noch einmal mein Ja. Ich nickte. Es war eigenartig, ich war in diesem Ja sehr glücklich. Dann drehte sich unsere Tochter dir zu. Im Profil sah ich pralle, junge, kraftstrotzende Brüste. Ich sah auch, daß sich der Mund zu einem Lächeln öffnete und der ganze Körper Erwartung und Freude zeigte.«

Die Kiefern, die den Weg säumten, waren auf einmal zu einem Bambusdschungel geworden. Die Heuschober schienen plötzlich fremdländisch zu sein. Der einfache Leiterwagen, der von einer Kuh gezogen daherknarrte, war in seinem Traum exotisch, die Kuh hatte riesige, breite Hörner, und der Bauer schien nur mit einem Hüfttuch bekleidet zu sein.

»Und?«

»Wir waren berühmt. Du warst ein König, ich die Königin. Und alle Welt wußte und war ob dieses Wissens sogar glücklich, daß auch deine Tochter deine Frau war.«

Hatten sie nur wieder eine perverse Strähne, oder lag es an dem Traum, der ihn in ein Vater-Tochter-Verhältnis geworfen hatte? Sie machten Fotos, wo Marion in Schulmädchenkleidern und oft mit Schultasche auf dem Rücken in das Zimmer trat und von ihm verführt wurde.

An einem Abend – Marion hatte nur ihren hübschen Hüftgürtel und die Netzstrümpfe an – stand sie plötzlich neben ihm, als er die Zeitung las. »Schalt das Tonbandgerät ein«, bat sie lächelnd.

»Vater«, begann sie zu sprechen. »Ich habe mich heute von Werner, dem Nachbarsjungen, verführen lassen.«

»Wie war es?« fragte er.

Marion spielte seine Tochter und erzählte stockend, was gewesen war. »Werner knöpfte mir anfangs die Bluse auf und spielte mit meinen Brüsten. Dann biß er in sie und nahm die Brustwarzen in den Mund. Ich war plötzlich wehrlos, wie gelähmt, und in diesen Minuten zog er mir den Slip aus.«

Ohne ein Drehbuch formten sie in Rede und Gegenrede eine reizende Aufnahme, in der eine Tochter genau ihr erstes Liebeserlebnis schilderte und ihren ersten Orgasmus zeigte.

»Bald saß ich auf seinem Schoß. Werner verkrallte sich in meinen Po, biß mir wieder in die Brüste, und dann stieß er in mich. Zuerst tat es sehr weh, doch dann wuchs ein Reiz hoch, der allen Schmerz überdeckte. Es war so herrlich, daß ich ihn sogar suchte. Ich wurde von diesem Reiz fast trunken, denn als Werner mich auf den Boden legen wollte, klammerte ich mich eng an ihn, wehrte mich, wollte mich von seinem Glied nicht lösen. Erst als er mir die Hände nach hinten drückte, gab ich nach.«

Marion hatte sich auf seinen Schoß gekuschelt. Es kam, was kommen mußte. Trotz der Lust, die jetzt in Marion hochbrandete, spielte sie ihre Rolle bestens weiter. Sie war die Tochter, er der Vater, und auf dem Tonband bittet eine Tochter den Vater, daß er es ihr auch so wie Werner mache. »Jaja, Vater«, jauchzte Marion. »Bitte küß jetzt auch meine Brüste, lutsche wie Werner meine Brustwarzen.« Sie warfen sich ineinander. Marion begann zu keuchen und zu schreien, und das Tonband schloß mit dem Aufschrei: »Vater, du bist wundervoll. Vater, das ist herrlich . . .«

Mit Tante Olga sollten sie wieder eine ihrer Dummheiten machen. Tante Olga, bei der er über fünf Jahre gewohnt und die ihn in dieser Zeit vorbildlich betreut hatte und ihm irgendwie Mutter geworden war, begegnete ihm, als er vorgestern zu Marion ging. Es ergab sich, daß er die Frau zum Abend einlud. Sie kam pünktlich, brannte vor Neugierde, Marion kennenzulernen.

Marion öffnete die Tür in ihrem Festtagskleid. Es war silbrig, hauteng, auf der Seite hochgeschlitzt. Um die Länge des Kleides auszugleichen, hatte es ein sehr gewagtes Dekolleté.

»Was darf ich Ihnen anbieten?« fragte Marion Tante Olga höflich. »Tee oder Kaffee?«

Ihm fiel ein, daß Tante Olga gerne Tee mit Rum trank.

»Bitte Tee«, schlug er vor. »Tante Olga hat es am Herzen, und Kaffee bekommt ihr nicht besonders.«

Er schenkte Tante Olga ein, fügte einen kräftigen Schuß Rum hinzu. Bei der zweiten Tasse Tee wurde der Zuschuß an Rum noch kräftiger. Auch sie tranken Tee mit Rum, ließen sich von ihm ebenfalls beschwingen. War es der Rum, oder lag es an der angenehmen Atmosphäre, die der Besuch in ihnen hervorgerufen hatte? Oder trug Tante Olga die Schuld, weil sie Marion immer wohlwollender musterte und ihre Freude durch alberne Worte kundtat?

Marion war wundervoll. Sie erzählte anschaulich, daß sie sich, wenn sie Sorgen hatte oder von einem Schmerz geplagt wurde, sich gerne auf seinen Schoß flüchte und dort so geborgen sei, daß alles schnell wieder gut werde.

Marion, dieses Biest. Sie hatte sich mit dem Rücken zu ihm auf seinen Schoß gesetzt und dabei den Reißverschluß an der linken Seite des Kleides geöffnet. Schon nach wenigen Minuten war die Stoffbahn auf die Seite geglitten, und er spürte auf seinem Schoß ihren nackten Po. Seine Wärme, die kosenden Bewegungen und der Rum schienen ihre Wirkung zu haben.

Tante Olga hatte einen kleinen Schwips, wurde immer alberner. Sie standen ihr aber nicht nach. Fast ununterbrochen sprach Frau Huber belehrend auf Marion ein, er aber hatte schon längst seinen Ralph in die Muschi der Geliebten eingeführt und begann sie zu stoßen.

»Darf ich Ihnen noch eine Tasse Tee anbieten?« fragte Marion. Sie war nun sehr höflich. Ziel ihres Tuns und ihrer Bewegungen war jedoch, daß sie Anlaß hatte, sich etwas zu erheben und ihn beim Niedersetzen zu reiten. Ja, Marion ritt ihn meisterhaft. Sie reichte Tante Olga dies und das, und er sich, in immer stärker werdender Wollust, nur so in sie hineinstieß.

War es Schuld des Reißverschlusses? Das Kleid hatte sich auf der linken Seite fast bis zur Achsel hinauf geöffnet. Er sah eine Brust wippen. Marion reichte Frau Huber Gebäck, und er rammelte sich in diesen Sekunden, in denen sich Marion etwas gehoben hatte, wild in sie hinein.

Sie zitterten in Lust, beide standen sie wahrscheinlich kurz vor dem Orgasmus. So sehr sich Marion auch beherrschte, begann sie immer stärker zu keuchen und zu zittern. Dann kam es ihr.

Gewiß, Tante Olga war sehr kurzsichtig, aber ob sie wirklich so schlecht sah, wie sie jetzt tat, bezweifelte er.

Marion tanzte auf ihm, er stieß sich abschiednehmend noch einmal in ihren Spalt hinein. Die Geliebte bäumte sich ekstatisch auf und wimmerte leise. Dann schlug sie beide Hände vor ihr Gesicht, biß in Handballen und Finger, wollte ihr Stöhnen zurückhalten, aber es gelang ihr nur zum Teil.

Frau Huber rührte mit dem Löffel in der Tasse, tauchte genüßlich das Gebäck in den Tee, prüfte die Blumen, das Muster der Tischdecke, besah sich das Geschirr; sie prüfte vieles, nur vermied sie es, in ihre Richtung zu blicken.

Dann stöhnte Marion plötzlich laut auf.

»Ist es Fräulein Marion nicht gut?« fragte Tante Olga teilnahmsvoll.

Er konnte nur nicken.

»Vielleicht war der Tee zu stark?«

Jetzt kam es auch ihm. Er vergaß den Besuch, vergaß den Anstand und die Sitte, wurde einfach unmöglich. Die linke Hand hatte er durch das geöffnete Kleid an die nackte Brust Marions geschoben, die rechte Hand knetete über dem Stoff die andere Brust. Das Dekolleté verschob sich, und auf einmal lag auch in der rechten Hand eine nackte Brust.

Sie brauchten einige Minuten, um wieder dem Alltag zu gehören. Als dann Tante Olga ging, sah man ihr wohl an, daß sie einen kleinen Schwips hatte, aber trotzdem musterte sie sehr eigenartig Marion und dann ihn. Hoffentlich lag es nur daran, daß er ihr zweimal statt Tee mit Rum Rum mit Tee gegeben hatte.

Ja, in wenigen Tagen würde Marion seine Frau werden. Ihre Hochzeitsreise machten sie nach Genua. »Hilfe«, hatte damals ein Mädchen in großer Not gerufen, und dieses Mädchen würde nun seine Frau sein. Aber noch immer rief Marion oft gellend um Hilfe. Drohte sie in den Wellen der Lust unterzugehen und gab er ihr in einer perversen Anwandlung nicht die Erlösung, konnte sie immer wieder laut um Hilfe rufen.

Als er heute abend von Marion ging, hatte sie ihn bis unten an die Haustür begleitet. Abschiednehmend machten sie es sich noch einmal im Stehen. Marion schwamm schon nach den ersten Stößen. Ihre Lust bebte und wartete. Er nahm sie zuerst mit kleinen, kurzen Stößen. Vier, fünf kleine Hiebe in den Spalt sollten nur ein Kosen sein, dann erlaubte er sich einen kräftigen Ruck. »Ooch«, hatte Marion sofort geschrien.

»Ich liebe dich«, hauchte sie, als er sie küßte.